Sonnenuntergang
in St. Tropez

Danielle
STEEL

Sonnenuntergang in St. Tropez

Deutsch von Silvia Kinkel

Weltbild

Originaltitel: *Sunset in St. Tropez*
Originalverlag: Delacorte Press/Random House, Inc., New York

Besuchen Sie uns im Internet:
www.weltbild.de

Deutsche Erstausgabe 2008

Projektleitung: Gerald Fiebig
Übersetzung: Silvia Kinkel
Redaktion: lüra – Klemt und Mues GbR
Umschlag: Hauptmann & Kompanie Werbeagentur, München–Zürich
Umschlagfotos: Getty Images/Stephen Mallon (Himmel und Meer), Getty Images/Tetra Images (Brandung und Strand)
Satz: Sabine Müller
Druck und Bindung: Bagel Roto-Offset GmbH & Co. KG, Schleinitz

Gedruckt auf chlorfrei gebleichtem Papier

Printed in the EU

ISBN 978-3-89897-210-9

1

Diana Morrison zündete auf dem für sechs Personen gedeckten Tisch die Kerzen an. Ihr Esszimmer befand sich in einem großen, geschmackvoll eingerichteten Apartment mit Blick auf den Central Park. Diana und Eric, die bereits ihren zweiunddreißigsten Hochzeitstag gefeiert hatten, wohnten schon seit 19 Jahren hier, und die meiste Zeit war es auch das Zuhause ihrer beiden Töchter gewesen. Erst in den letzten Jahren waren die Mädchen ausgezogen. Samantha besaß ein eigenes Apartment, seit sie an der Brown ihren Abschluss gemacht hatte, und Katherine hatte vor fünf Jahren geheiratet. Sie waren aufgeweckte Mädchen, fröhlich und liebevoll. Trotz der nervenden, typischen Kleinkriege während ihrer Pubertät war Diana immer sehr gut mit ihnen ausgekommen, und sie vermisste die beiden. Dennoch genossen Eric und sie die neue Zweisamkeit. Diana war mit ihren 55 Jahren eine sehr schöne Frau, und Eric – ein attraktiver Sechzigjähriger, der viel jünger aussah – umwarb sie wie zu ihrer Anfangszeit. Schließlich hörte er bei seiner Arbeit im Krankenhaus genug Geschichten darüber, was Frauen sich von ihren Männern wünschten.

Vor einem Jahr hatte er Diana dazu überredet, sich um die Augen liften zu lassen. Er wusste, dass sie es nicht bereuen würde. Und er hat recht gehabt, dachte Diana an diesem Silvesterabend, während sie ihren Blick noch einmal prüfend über den Tisch gleiten ließ. Durch die kleine kosmetische Korrektur sah sie mindestens zehn Jahre jünger aus.

Schon vor Jahren hatte sie damit aufgehört, ihr Haar zu färben. Es schimmerte jetzt wie frisch gefallener Schnee und war zu einem akkuraten Bob geschnitten. Diese Frisur betonte Dianas zarte Gesichtszüge und ihre großen blauen Augen besonders vorteilhaft.

Eric behauptete stets, dass sie noch genauso schön sei wie damals, als sie sich kennenlernten. Sie war Krankenschwester im Columbia-Presbyterian Hospital gewesen und er Assistenzarzt auf der Entbindungsstation. Sechs Monate später hatten sie geheiratet und waren seither unzertrennlich. Als Diana mit Katherine schwanger wurde, hatte sie aufgehört zu arbeiten. Seitdem war sie zu Hause vollkommen ausgelastet mit ihrem Job als Hausfrau, Mutter und verständnisvoller Ehefrau, wenn Eric immer wieder nachts rausmusste, um Babys auf die Welt zu helfen. Eric liebte seinen Beruf, und Diana, die sehr stolz auf ihn war, unterstützte ihn, wo sie nur konnte.

Zwei Kollegen seines Alters waren bereits im Jahr zuvor in den Ruhestand gegangen, aber Eric verspürte keine Müdigkeit. Und Diana machte es nach wie vor nichts aus, wenn er eine Einladung zu einer Party im letzten Moment absagen musste oder Urlaubspläne kurzfristig ins Wasser fielen. Schließlich waren sie beide seit mehr als dreißig Jahren an diesen Lebensrhythmus gewöhnt. Und zweimal war Eric ganz besonders glücklich über seinen Beruf gewesen:

als er seiner Tochter Katherine dabei helfen konnte, ihre Söhne gesund zur Welt zu bringen.

Das Leben hatte es gut mit ihnen gemeint, sie waren eine glückliche Familie.

Seit die Mädchen aus dem Haus waren, widmete sich Diana ehrenamtlichen Tätigkeiten beim Sloan-Kettering Krebszentrum und organisierte unter anderem Spendengelder für Forschungszwecke. Sie hatte niemals das Bedürfnis verspürt, wieder als Krankenschwester zu arbeiten – sie wusste, dass sie schon zu lange aus dem Beruf raus war. Außerdem waren ihre Tage mit ihrer Wohltätigkeitsarbeit, der wenigen freien Zeit mit Eric, ihren Reisen und den beiden Enkelsöhnen ausgefüllt.

Ganz in Gedanken versunken hatte Diana im Esszimmer gestanden. Jetzt hörte sie, dass sich Eric durch das Wohnzimmer näherte, und wandte den Kopf. Er verharrte in der Tür zum Esszimmer, und als sich ihre Blicke trafen, lächelte er.

»Guten Abend, Mrs Morrison – Sie sehen wundervoll aus.« Sein Blick hatte dies schon kundgetan, noch ehe die Worte aus seinem Mund waren. Es war leicht zu sehen, wie sehr er seine Frau liebte. Er hatte ein offenes Gesicht mit markanten Zügen und ebenso strahlend blaue Augen wie Diana. Sein ehemals mittelblondes Haar war im Laufe der Zeit grau geworden. Sein Abendanzug stand ihm gut, was nicht zuletzt daran lag, dass er immer noch dieselbe Figur mit dem schlanken Oberkörper und den breiten Schultern hatte wie früher. Eric hielt sich mit Fahrradfahren und Tennis spielen fit, wann immer sich am Wochenende die Gelegenheit dazu bot. Und abends nach der Arbeit spielte er entweder eine Runde Squash oder schwamm ein paar Bahnen, gleichgültig wie erschöpft er war.

»Ich wünsche uns einen schönen Abend, mein Schatz«, sagte er nun, trat zu seiner Frau und küsste sie. »Wann kommen sie?«

Diana und Eric erwarteten zwei Ehepaare, mit denen sie eng befreundet waren.

»Um acht«, antwortete Diana und prüfte rasch, ob der Champagner in dem silbernen Kübel kühl genug stand. Eric goss sich einen Martini ein.

»Zumindest Robert und Anne kommen um acht – bei Pascale und John können wir von Glück sagen, wenn sie bis kurz vor Mitternacht hier sind.« Eric lachte auf und ließ eine Olive in sein Glas fallen.

Eric und John Donnally hatten zusammen in Harvard studiert und waren seither gute Freunde – obwohl sie so unterschiedlich waren wie Tag und Nacht. Eric war groß und schlank, unbekümmert und offen und ein selbstloser Mensch. Er konnte gut mit Frauen umgehen und stundenlang mit ihnen reden – was ihm bei seiner Arbeit zugutekam. John hingegen, von untersetzter Statur, war oft gestresst, ein knauseriger Dickkopf und lieferte sich mit seiner Frau einen verbalen Schlagabtausch nach dem anderen. Außerdem behauptete er, kein Kostverächter zu sein, was aber niemand bestätigen konnte. In Wahrheit liebte John nur seine Frau, obwohl er eher gestorben wäre, als dies öffentlich zuzugeben, nicht einmal vor seinen besten Freunden. Wer den Gesprächen zwischen ihm und Pascale zuhörte, hatte unwillkürlich das Gefühl, zwischen zwei Schnellfeuergewehre geraten zu sein. Johns Frau war ebenso impulsiv wie er selbst.

Pascale war acht Jahre jünger als Diana und Französin. Sie tanzte beim New York City Ballet, als sie John im Alter von 22 Jahren kennenlernte. Heute, 25 Jahre später, war sie immer noch so zierlich und anmutig wie damals, mit großen grünen Augen, dunkelbraunen Haaren. In den letzten zehn Jahren hatte sie Ballettunterricht gegeben. Es gab nur zwei Dinge, die bei ihr und John völlig übereinstimmten – keiner von ihnen konnte pünktlich sein, und beide liebten es, stundenlang zu diskutieren. Sie machten aus ihrer Kunst des Streitgesprächs geradezu eine olympische Disziplin.

Das andere Paar, das Eric und Diana an diesem Silvesterabend erwarteten, waren Robert und Anne Smith. Sie hatten die beiden vor 30 Jahren kennengelernt, als Eric Annes erstes Kind auf die Welt holte. Die Freundschaft zwischen den beiden Paaren war zur selben Zeit geboren worden. Robert und Anne waren beide Juristen. Anne war im Alter von 61 Jahren noch als Anwältin tätig, und Robert war Richter am Superior Court geworden. Mit seinen 63 Jahren wirkte er so ernst und seriös, wie es seiner Position angemessen war. Doch hinter seinem gelegentlich mürrischen Benehmen verbarg sich ein warmherziges Wesen. Er liebte seine Frau über alles. Robert war ein groß gewachsener, attraktiver Mann. Eric war bei allen drei Geburten dabei gewesen.

Robert und Anne hatten während des Jurastudiums geheiratet und waren seit mittlerweile 38 Jahren zusammen. Sie wirkten gesetzter als die beiden anderen Paare, was sicher auch an ihren Jobs lag. Aber ihre Freunde kannten sie als lebhaft und unternehmungslustig. Die beiden waren weder so exotisch und impulsiv wie Pascale und John noch von ihrem Äußeren her so jugendlich-dynamisch wie Eric und Diana.

Ein- oder zweimal im Monat aßen sie alle gemeinsam zu Abend. Im Laufe der Jahre hatten sie Freud und Leid, Hoffnungen und Enttäuschungen miteinander geteilt. Sie hatten die üblichen Sorgen mit den Kindern gemeinsam durchgemacht und auch Pascales großen Kummer darüber, dass sie keine Kinder bekommen konnte. Nachdem sie damals beim New York City Ballet aufgehört hatte, war ihr größter Wunsch gewesen, schwanger zu werden. Aber es klappte einfach nicht. Selbst die Fruchtbarkeitsspezialisten, zu denen Eric sie geschickt hatte, konnten ihr nicht helfen. Ein halbes Dutzend In-Vitro-Befruchtungen bis hin zu Eizellenspenden waren erfolglos geblieben. Und John hatte sich strikt geweigert, über eine Adoption auch nur nachzudenken. Er wollte leibliche Kinder – oder keine. Mit ihren siebenundvierzig beziehungsweise sechzig Jahren waren die beiden folglich kinderlos und hatten immer nur einander gehabt – was sich in zahllosen Streits bemerkbar machte. Ihre Freunde waren an die hitzigen Dispute der beiden gewöhnt und amüsierten sich köstlich darüber. Und Pascale und John schienen selbst auch ihren Spaß daran zu haben.

Einmal hatten die drei Paare gemeinsam eine Segelyacht in der Karibik gechartert, und schon ein paar Mal hatten sie ein Haus auf Long Island gemietet. Mehrfach waren sie zusammen nach Europa gereist. Sie alle hatten diese gemeinsamen Urlaube genossen. Trotz ihres unterschiedlichen Stils harmonierten sie bestens miteinander. Sie tolerierten nicht nur die Marotten der anderen, sondern kannten auch die jeweiligen Schwächen. Und die vielen gemeinsamen Erlebnisse hatten ihre Beziehung im Laufe der Jahre gefestigt.

Seit zwanzig Jahren feierten sie jedes Jahr gemeinsam Silvester, immer abwechselnd bei einem von ihnen zu Hause. Bei Robert und Anne verliefen die Abende eher ruhig und endeten kurz nach Mitternacht. Wenn John und Pascale die Gastgeber waren, ging es leicht chaotisch zu. Das Menü wurde auf den letzten Drücker zusammengestellt, was der Schmackhaftigkeit jedoch keinen Abbruch tat. Die beiden sammelten Weine, waren aber auch hier unterschiedlicher Meinung: Sie bevorzugte französische Weine, er die kalifornischen.

Am liebsten trafen sich jedoch alle bei Eric und Diana zum Silvesterdinner. Diana engagierte für solche Anlässe einen exzellenten Koch. Das Essen war jedes Mal köstlich, die Weine erlesen, und in dem elegant eingerichteten, aber sehr gemütlichen Apartment war jeder bestrebt, sich von der besten Seite zu zeigen. Sogar John und Pascale bemühten sich um Harmonie – was nie ganz gelang. Irgendein kleines Wortgefecht lieferten sie sich dann doch: wegen des Namens eines bestimmten Weines, an den sich beide nicht mehr erinnern konnten, oder wegen der als nächstes geplanten Reise. John liebte Afrika, Pascale dagegen Südfrankreich. John lästerte gern über seine Schwiegermutter, die er nicht ausstehen konnte. Angeblich fand er alles fürchterlich, was mit Frankreich zusammenhing: das Land selbst, die Franzosen – und an erster Stelle seine Schwiegermutter. Pascale gab dann immer mit Freuden Kontra, indem sie spitze Kommentare über seine in Boston lebende Mutter losließ.

Punkt 19.59 Uhr klingelte es an der Wohnungstür. Weder Eric noch Diana waren überrascht, als die Smiths vor der Tür standen. Anne trug ein hochgeschlossenes schwarzes Abendkleid und dezente Perlenohrringe. Ihr graues Haar hatte sie hinten zu einem Knoten hochgesteckt. Robert stand in Smoking und mit perfekt gekämmtem schneeweißem Haar neben seiner Frau und lächelte die Gastgeber an.

»Guten Abend«, sagte er augenzwinkernd und neigte sich wegen seiner stattlichen Größe ein wenig vor, um Diana zur Begrüßung auf die Wange zu küssen. »Sind wir etwa zu spät?« Er war ein Pünktlichkeitsfanatiker – ebenso wie Anne.

»Der Verkehr war eine einzige Katastrophe.« Die beiden lebten in den East Eighties, wohingegen Pascale und John von ihrem Apartment nahe dem Lincoln Center an der West Side herüberkommen mussten. Zu allem Überfluss hatte es auch noch angefangen zu schneien. Jetzt ein Taxi zu bekommen, würde nicht leicht sein.

Anne nahm ihre Stola ab. Sie war nur sechs Jahre älter als Diana, aber man hätte meinen können, es wären wesentlich mehr. Anne war eine hübsche Frau, hatte aber nie viel Aufhebens um ihre äußere Erscheinung gemacht. Ihr zarter, heller Teint kam so gut wie nie mit Make-up in Berührung. Wenn Anne nicht gerade in ihrer auf Familienrecht spezialisierten Kanzlei zu tun hatte, verbrachte sie die Zeit am liebsten damit, ins Museum oder Theater zu gehen, zu lesen oder Musik zu hören. Anne war Anwältin für Kinderrecht und hatte außerdem in den letzten Jahren intensiv an der Einführung von Programmen für misshandelte Frauen gearbeitet. Sie war für ihre Arbeit mehrfach ausgezeichnet worden. Vor Jahren hatte sie ernsthaft mit dem Gedanken gespielt, in die Politik zu gehen, sich aus familiären Gründen aber doch dagegen entschieden. Außerdem hatte es sie abgeschreckt, als Politikerin ständig im Rampenlicht zu stehen. Aber ob als Anwältin oder Politikerin – Robert war sehr stolz auf seine Frau und unterstützte sie bei allen Vorhaben leidenschaftlich.

Anne nahm im Wohnzimmer Platz. Eric setzte sich neben sie auf das Sofa und legte ihr den Arm um die Schultern. »Wo habt ihr beide während der letzten zwei Wochen gesteckt?«, fragte er. »Es kommt mir so vor, als hätten wir uns Jahre nicht gesehen.« Robert und Anne hatten wie immer gemeinsam mit ihren Kindern und den fünf Enkelkindern die Weihnachtsferien in Vermont verbracht. Ihre beiden Söhne waren verheiratet. Die einzige Tochter noch nicht, sie hatte gerade erst das Jurastudium abgeschlossen. Aber wo und mit wem Robert und Anne auch unterwegs waren – Silvester kamen sie nach New York zurück, um den Abend gemeinsam mit ihren Freunden zu verbringen. Nur ein einziges Mal war ihnen das nicht möglich gewesen. Damals war Annes Vater gestorben, und sie musste nach Chicago fliegen, um ihrer Mutter beizustehen. Aber ansonsten war allen sechs dieser Abend heilig, und sie hätten ihn um nichts in der Welt versäumt.

»Wir waren in Sugarbush und hatten alle Hände voll zu tun – mit Windeln wechseln und der Suche nach verloren gegangenen Fäustlingen«, erklärte Anne. Sie konnte ihre Schwiegertöchter nicht sonderlich gut leiden. Es missfiel ihr, dass beide nicht berufstätig waren und von ihren Männern buchstäblich auf Händen getragen wurden. Anne war der Ansicht, dass Frauen einen Beruf ausüben sollten. Sie selbst hatte das immer getan. Robert gegenüber hatte sie sich schon mehr als einmal darüber beklagt, dass ihre Schwiegertöchter viel zu verwöhnt seien. »Und wie war euer Urlaub?«, fragte Anne und lächelte ihren alten Freund an. Eric war für sie schon seit Jahren wie ein Bruder.

»Abwechslungsreich – das trifft es wohl am ehesten. Ferien mit Katherine und Sam sind immer wieder ein Erlebnis. Einer von Kathys Jungen hat versucht, den Weihnachtsbaum umzukippen, und der Kleine hat sich an Heiligabend eine Erdnuss in die Nase gestopft. Ich musste mit ihm in die Notaufnahme fahren, um dieses Ding entfernen zu lassen.«

»Kommt mir irgendwie bekannt vor. Eines von Jeffs Kindern hat sich in der Skischule den Arm gebrochen«, sagte Anne und schaute bei dem Gedanken an ihren Enkel leicht besorgt drein. Trotzdem war sie erleichtert gewesen, abreisen zu können. Sie genoss das Zusammensein mit ihren Enkelkindern, aber es war anstrengend. Robert sah das genauso. Er liebte seine Kinder und Enkelkinder und schätzte es, sie um sich zu haben. Aber noch mehr genoss er es, mit Anne allein zu sein. Robert war immer noch leidenschaftlich in seine Frau verliebt, und ihre Beziehung war in all den Jahren sehr intensiv geblieben.

»Manchmal wundert man sich, dass Kinder gesund und munter das Erwachsenenalter erreichen.« Diana schenkte Anne Champagner ein und setzte sich zu ihr. Robert nippte an seinem Glas und sah seine Frau bewundernd an.

»Meine ich das nur, oder ist es bei uns früher mit den

Kindern einfacher gewesen?«, seufzte sie. Sie lächelte Robert zu. Trotz Familie und Job hatten sie es sich nie nehmen lassen, Zeit für einander zu haben und ihre Beziehung zu pflegen. »Heutzutage scheint alles stressiger zu sein. Möglicherweise habe ich aber einfach nicht mehr die Nerven dafür. So ein ruhiger, zivilisierter Abend unter Erwachsenen ist doch sehr erholsam.« Sie sah die Morrisons vielsagend an. »Der Lautstärkepegel in Sugarbush hat Robert fast um den Verstand gebracht.«

»Wenn ich irgendwann nicht mehr so gut höre, habe ich sicher noch mehr Freude an meinen Enkeln«, fügte der hinzu und stellte sein Glas auf dem Couchtisch ab, weil es an der Tür läutete. Es war mittlerweile kurz vor halb neun. Falls das die Donnallys waren, stellten sie einen neuen Pünktlichkeitsrekord auf. Normalerweise pflegten sie sehr viel später zu kommen und gaben sich dann gegenseitig die Schuld daran.

Eric ging öffnen, während sich Diana weiter mit den Smiths unterhielt. Kurz darauf konnten sie Pascale und John bis ins Wohnzimmer hören.

»Entschuldigt bitte unsere Verspätung«, keuchte Pascale. Sie sprach immer noch mit starkem französischem Akzent, obwohl sie seit fast 30 Jahren in New York lebte und ihr Englisch fehlerfrei war. Allerdings hatte sie sich auch nie bemüht, ihn abzulegen, und wann immer sie die Möglichkeit dazu hatte, sprach sie Französisch: sei es mit dem Verkäufer im Geschäft oder dem Kellner im Restaurant. Außerdem telefonierte sie mehrmals wöchentlich mit ihrer Mutter. John behauptete immer, die beiden würden Dauergespräche führen. Er wiederum hatte sich während ihrer mittlerweile 25-jährigen Ehe strikt geweigert, Französisch zu lernen. Natürlich hatte er hier und da ein paar Wörter aufgeschnappt. So konnte er zum Beispiel mit überraschend korrekter Aussprache auf Französisch fluchen.

»John hat sich stur *geweigert,* ein Taxi zu nehmen!«, empörte sich Pascale, während Eric ihr schmunzelnd den Mantel abnahm. »Er hat mich *gezwungen,* mit dem Bus herzukommen! Kannst du dir das vorstellen? In Abendgarderobe und an Silvester!« Zornig strich sie sich eine dunkle Locke aus dem Gesicht. Das übrige Haar hatte sie hinten zu einem strengen Knoten gebunden, so wie früher als Tänzerin, nur dass sie es jetzt vorn durch ein paar lose fallende Strähnen aufgelockert trug. Mit ihren 47 Jahren hatte sie eine sehr sinnliche Ausstrahlung. Sie war zierlich und anmutig, und die grünen Augen funkelten, während sie Eric ihr Leid klagte.

»Ich habe mich nicht *geweigert,* ein Taxi zu nehmen – es war keines zu *bekommen!*«, verteidigte sich John.

»Ahhh!«, entfuhr es Pascale. Sie blitzte ihren Mann entrüstet an. »Lächerlich! Du warst doch nur zu geizig!« John war für seine Knauserigkeit bekannt. Aber bei dem anhaltenden Schneefall war es durchaus möglich, dass sie kein freies Taxi hatten finden können.

Gemeinsam mit Eric gingen sie ins Wohnzimmer, um die anderen zu begrüßen. John wirkte wie immer wenig beeindruckt von den Vorwürfen seiner Frau und schien bester Laune zu sein.

»Entschuldigt die Verspätung«, sagte er ruhig. Er war an die Gefühlsausbrüche seiner Frau gewohnt und ließ sich nicht so leicht aus der Ruhe bringen. Sie war eben Französin – leicht reizbar und schnell aufgebracht. John hatte in Harvard Eishockey gespielt und bildete mit seinen breiten Schultern und der kraftvollen Erscheinung einen interessanten Kontrast zu der zierlichen Pascale. Im Laufe der Jahre hatten sie immer wieder zu hören bekommen, dass sie aussähen wie Katherine Hepburn und Spencer Tracy. Entspannt lächelnd nahm John von Diana ein Glas Champagner entgegen, während Pascale zur Begrüßung erst Eric und dann Anne und Robert auf die Wange küsste. Diana umarmte Pascale und sagte ihr, wie hübsch sie aussähe.

»Alors, les copains, wie war euer Weihnachtsfest?«, fragte Pascale und fuhr ohne Pause fort: »Unseres war schrecklich! John findet den Anzug, den ich ihm gekauft habe, fürchterlich, und er hat mir einen neuen Herd geschenkt! Ist das nicht unglaublich? Einen Herd! Warum nicht gleich einen Rasenmäher oder einen Kleintransporter?« Sie wirkte außer sich, aber die anderen lachten, und John war nicht um die passende Antwort verlegen.

»Ich würde dir nie ein motorisiertes Fortbewegungsmittel schenken, Pascale. Du bist eine lausige Fahrerin.«

»Ich fahre besser als du.« Pascale nippte hastig an ihrem Champagner und fügte dann hinzu: »Und das weißt du auch. In Paris traust du dich gar nicht erst ans Steuer.«

»Nichts in Frankreich macht mir Angst – außer meiner Schwiegermutter.« Pascale verdrehte die Augen und wandte sich Robert zu. Ebenso wie Anne hegte er eine Leidenschaft für Ballett und Theater und konnte sich stundenlang mit Pascal unterhalten. Außerdem war es für ihn immer eine gute Gelegenheit, sein eingerostetes Französisch zu pflegen.

Bis zum Abendessen plauderten alle angeregt, lachten viel und tranken Champagner. John räumte ein, dass es ihm tatsächlich eine Genugtuung gewesen war, den Bus zu nehmen und das Taxigeld zu sparen. Die anderen zogen ihn sofort damit auf. Sein Geiz war immer wieder Zielscheibe des Spotts seiner Freunde – und John lachte selbst am meisten darüber.

Eric und Anne erzählten vom Skifahren in Sugarbush, und Diana tat seufzend kund, dass sie auf der Stelle wieder nach Aspen fahren könnte. Pascale und Robert unterhielten sich über den Auftakt der Ballettsaison. Diana und John diskutierten über die Wirtschaftslage, den Aktienmarkt und einige der Kapitalanlagen, die die Morrisons getätigt hatten. John war Investmentbanker und sprach gern mit jemandem, der sich genauso für dieses Thema interessierte wie er. Keiner von ihnen kam bei diesen Treffen zu kurz, ob sie nun locker miteinander plauderten oder sich über ernste Themen austauschten.

Als Diana sagte, dass sie nun zu Tisch gehen könnten, erzählte Anne Eric gerade, dass ihr ältester Sohn wieder Nachwuchs bekäme – ihr sechstes Enkelkind.

»Wenigstens wird mir die traumatische Erfahrung erspart bleiben, dass mich jemand Großmutter nennt«, warf Pascale lässig ein, aber die anderen wussten nur zu gut, dass ihr dieses Thema immer noch einen Stich versetzte. Alle erinnerten sich noch an die Jahre, als Pascale ihnen regelmäßig von den Hormonbehandlungen und künstlichen Befruchtungen erzählte, die sie über sich ergehen ließ. Mehrmals am Tag hatte John ihr eine Spritze geben müssen – alles erfolglos. Es war eine furchtbare Zeit gewesen, und die anderen befürchteten damals schon, dass womöglich die Ehe der beiden daran kaputtgehen könnte.

Wirklich tragisch wurde es für Pascale, als sich John dann weigerte, ein Kind zu adoptieren. Damit stand fest, dass sie nie Mutter sein würde, obwohl es ihr größter Wunsch war. In den letzten Jahren hatte sie angeblich kaum noch daran gedacht, aber sie bekam immer noch diesen sehnsüchtigen Gesichtsausdruck, wenn die anderen von ihren Kindern erzählten. Eric hatte damals versucht, John zu einer Adoption zu überreden, aber der war und blieb ein Sturkopf. Er wollte partout nicht das Kind anderer Menschen aufziehen. Das brachte er nicht über sich, nicht einmal Pascale zuliebe.

Sie gingen alle hinüber ins Esszimmer zu dem hübsch dekorierten Tisch. Für heute Abend hatte Diana Strelitzien und Orchideen gewählt und kleine silberne Glöckchen über den Tisch verteilt. Silberne Kerzenleuchter und die bestickte Tischdecke, die einst ihrer Mutter gehört hatte, rundeten das Bild ab.

»Wie schaffst du das nur immer?«, fragte Anne bewundernd. Diana stand neben dem Tisch und sah in ihrem weißen Satin-Abendkleid sehr elegant aus. Es hatte die gleiche Farbe wie ihr Haar und brachte ihre jugendliche Figur vorteilhaft zur Geltung. Sie konnte beinahe mit Pascale mithalten, die immerhin jeden Tag sechs Stunden mit ihren Ballettschülern tanzte. Anne war von der Natur nicht so gesegnet wie ihre beiden Freundinnen. Sie war größer und von kräftigerem Knochenbau, weswegen sie sich manchmal beklagte, dass sie sich neben den beiden wie eine Amazone vorkäme. Allerdings tat sie das mehr im Scherz, denn Anne war eine selbstbewusste Frau, die zudem genau merkte, wie sehr ihr Mann sie verehrte. Nicht selten sagte er ihr, dass sie die schönste Frau sei, die er je gesehen habe.

Eric legte den Arm um Diana, küsste sie auf die Wange und dankte ihr für die Mühe, die sie sich wieder einmal gemacht hatte. Während sich alle setzten, funkelte Pascale John über den Tisch hinweg an.

»Solltest du das einmal tun, würde ich vor Überraschung glatt einen Herzinfarkt bekommen«, schimpfte sie scheinbar entrüstet. »Du küsst mich nie, und bedanken tust du dich schon gar nicht. Für *nichts!*«

»Ich danke dir von Herzen, mein Schatz« – John lächelte sie charmant an – »für all die köstlichen Tiefkühlgerichte, die du mir hinstellst.« Er lachte auf seine gutmütige Art. Obwohl Pascale tagsüber unterrichtete, ging sie abends gern noch zum Tanzkurs und fand dann nicht die Zeit, zu kochen.

»Wie kannst du so etwas sagen? Letzte Woche habe ich dir *Cassoulet* gemacht und vorgestern einen *Coq au vin* … du verdienst das gar nicht!!«

»Nein, das habe ich wirklich nicht verdient – sogar ich koche besser als du.«

»Du bist ein Monster!« Sie blitzte ihn mit ihren grünen Augen an. »Und ich werde nicht mit dem Bus nach Hause fahren. Ich nehme mir ein Taxi – und zwar allein!« Sie war jetzt ganz die leidenschaftliche Französin.

»Ich hatte gehofft, dass du das sagst.« John lächelte Diana an, die gerade als ersten Gang Bluepoint-Austern servierte. Sie hatten alle eine Vorliebe für Meeresfrüchte. Als Hauptgang hatte Diana kalten Hummer vorgesehen, gefolgt von Salat und Käse. Sie tat dies aus Rücksicht gegenüber Pascale, die es nicht ausstehen konnte, den Salat zuerst zu essen, und sich betrogen fühlte, wenn es nach dem Hauptgang keinen Käse gab. Den Schlussakkord bildete flambiertes Eis – Erics Lieblingsdessert.

»Meine Güte, werden wir hier verwöhnt«, sagte John bewundernd, als Diana mit dem Tablett aus der Küche kam. Auf dem flambierten Eis züngelten noch kleine Flammen. Alle applaudierten. »Pascale, warum lässt du dir nicht von Diana ein paar Rezepte geben, statt mich mit Dingen wie Hirn, Nierchen und Blutwurst zu füttern?«

»Weil du nicht bereit wärst, so viel Geld fürs Essen auszugeben«, erwiderte Pascale wahrheitsgemäß. »Davon abgesehen liebst du Hirn und Nierchen«, stellte sie nüchtern fest.

»Ich habe gelogen. Viel lieber würde ich Hummer essen.« Er strahlte die Gastgeberin an, während Robert vor sich hin schmunzelte.

Es war schon nach elf, als Anne darauf zu sprechen kam, dass John und Eric in diesem Jahr sechzig geworden waren.

»Das sollten wir feiern, und zwar mit etwas Besonderem«, schlug Diana vor. Sie saßen beim Kaffee, und John zündete sich eine Zigarre an. Pascale teilte seine Vorliebe und rauchte hin und wieder eine mit. In den letzten Jahren war es bei Frauen in Mode gekommen, Zigarre zu rauchen. Aber Pascale hatte das schon immer getan – seit ihrer Heirat. Bei ihrer zierlichen Erscheinung war das ein amüsanter Anblick.

»Und was stellst du dir vor?«, fragte Eric grinsend. »Wir lassen uns alle liften? Die Männer jedenfalls, die Damen haben das nicht nötig.« Dieses eine Geheimnis hatte Diane nicht mit ihren Freunden geteilt. Außer Eric wusste niemand von ihrer Augenkorrektur. Er hatte es damals nicht nur vorgeschlagen, sondern auch den Chirurgen ausgesucht. »John würde mit kleinen Gesichtskorrekturen bestimmt großartig aussehen.« Tatsächlich hatte John ein paar Fältchen, die ihm jedoch gut standen und seine männliche Ausstrahlung nur noch verstärkten.

»Bei ihm wäre eher Fettabsaugung angebracht«, sagte Pascale und betrachtete ihren Mann durch den blauen Dunst hindurch.

»Das liegt an diesen verdammten Blutwürsten, mit denen du mich vollstopfst«, feuerte er zurück.

»Und wenn ich nun aufhören würde, sie für dich zuzubereiten?«, forderte sie ihn heraus.

»Dann würde ich dich umbringen«, grinste er und reichte ihr die Zigarre, damit sie einen Zug nehmen konnte. Was sie auch tat, und zwar mit sichtlichem Vergnügen.

»Ich meine das ganz ernst«, ließ Diane nicht locker. »Wir sollten das reife Alter unserer Männer gebührend feiern.« Nur Pascale und sie selbst hatten diese magische Altersgrenze noch nicht überschritten, und Diana war auch nicht sonderlich darauf erpicht. »Warum verreisen wir nicht noch einmal gemeinsam?«

»Und wohin?«, fragte Robert interessiert. Wenn er und Anne es beruflich einrichten konnten, reisten sie gern an exotische Orte. Letzten Sommer waren sie in Indonesien und auf Bali gewesen. Es wurde ein unvergesslicher Urlaub.

»Wie wäre es mit einer Safari in Kenia?«, schlug er hoffnungsvoll vor. Pascale sah ihn entsetzt an. Vor Jahren war sie mit John in Botswana in einem Wildpark gewesen – und sie hatte jede Minute schrecklich gefunden. Für sie gab es nur ein Wunschziel – Paris. Dort konnte sie Freunde treffen und Verwandte besuchen. Aber für John war das kein Urlaub. Die Aufenthalte bei Pascales Familie machten ihn jedes Mal wahnsinnig. Sie schnatterte in einem fort auf Französisch, und er verstand kein Wort – was ihm sogar fast lieber war. Er liebte Pascale, aber ihre Verwandten gingen ihm auf die Nerven.

»Ich hasse Afrika. Allein das ganze Ungeziefer! Warum fliegen wir nicht alle zusammen nach Paris?«, fragte Pascale strahlend.

»Was für eine wundervolle Idee«, sagte John und nahm einen Zug an seiner Zigarre, die er neu hatte anzünden müssen. »Lass uns doch alle bei deiner Mutter wohnen. Ich bin sicher, sie wird es lieben. Wir können dann alle stundenlang Schlange stehen und darauf warten, dass deine Großmutter endlich aus dem Badezimmer kommt.« Wie in Pariser Wohnungen zumeist üblich, gab es nur ein Bad. Pascales Mutter lebte mit ihrer 92-jährigen Mutter und einer verwitweten Tante zusammen. John hielt es dort überhaupt nur aus, indem er reichlich dem Bourbon zusprach. Beim letzten Besuch hatte er sich sogar seinen eigenen mitgebracht, denn die Hausbar bot nicht viel mehr als Dubonnet und süßen Wermut. Allerdings gab es zum Essen immer exzellenten Rotwein. Pascales verstorbener Vater war ein Weinkenner gewesen, und ihre Mutter hatte sich einiges von ihm abgeguckt. Es war das Einzige, was John an seiner Schwiegermutter schätzte.

»Lass diese gemeinen Bemerkungen über meine Großmutter. Im Übrigen ist meine Mutter harmlos gegen deine«, brauste Pascale auf.

»Meine spricht wenigstens Englisch.«

»Mit meiner Mutter würdet ihr es auch nicht lange unter einem Dach aushalten«, warf Diana ein, und die anderen lachten. Sie hatten Dianas Eltern ein paar Mal getroffen. Ihr Vater war ein äußerst angenehmer Mann, aber Diana machte kein Geheimnis daraus, dass ihre durchorganisierte, alles beherrschende Mutter sie schon immer verrückt gemacht hatte. »Aber im Ernst, wohin könnten wir reisen? Wie wäre es mit der Karibik? Oder zur Abwechslung etwas wirklich Exotisches? Vielleicht Buenos Aires oder Rio?«

»Alle sagen, dass Rio ein gefährliches Pflaster sei«, erwiderte Anne mit besorgtem Blick. »Meine Cousine war letztes Jahr dort. Man hat ihr das gesamte Gepäck einschließlich Handtasche und Ausweis gestohlen. Keine zehn Pferde würden sie noch mal dahinbekommen. Wie wäre es mit Mexiko?«

»Oder Japan oder die Volksrepublik China?«, schlug Robert vor, der zunehmend Gefallen an der Idee fand. Er reiste gern gemeinsam mit seinen Freunden und hatte ein Faible für Asien. »Oder Hongkong? Die Frauen könnten dort Einkaufsbummel machen.«

»Und warum nicht Frankreich?«, hakte Pascale nach. Die anderen lachten und John tat so, als würde er auf seinem Stuhl zusammensacken. Dorthin flogen sie jeden Sommer.

»Es ist mein Ernst. Warum mieten wir uns nicht ein Haus in Südfrankreich? In Aix en Provence, Antibes oder Eze … oder in St. Tropez? Dort ist es traumhaft schön.« John schüttelte ablehnend den Kopf, aber Diana wirkte plötzlich interessiert.

»Warum eigentlich nicht? Ist vielleicht gar keine schlechte Idee. In Pascales Bekanntenkreis findet sich bestimmt jemand, der uns bei der Suche nach dem passenden Haus behilflich ist. Das Ganze könnte mehr Spaß machen, als in einem exotischen Land herumzureisen. Anne und Robert sprechen ziemlich gut Französisch, Erics und meine Kenntnisse reichen aus, um uns über Wasser zu halten, und dann haben wir ja auch noch Pascale dabei. Was meint ihr?«

Anne wirkte einen Moment lang nachdenklich, dann nickte sie. »Ehrlich gesagt, gefällt mir die Idee. Robert und ich waren vor zehn Jahren mit den Kindern in St. Tropez. Es ist ein hübscher Ort direkt am Meer, wir waren ganz begeistert. Man kann dort fantastisch essen gehen und viele Ausflüge machen.« Sie musste daran denken, was für romantische Tage Robert und sie dort verbracht hatten.

»Wir könnten für den August ein Haus mieten. Und, John«, versicherte Diana ihm mit ernster Miene, »wir werden Pascales Mutter nicht einmal in deine Nähe lassen.«

»Ergibt sich vielleicht von selbst. Den August verbringt sie normalerweise in Italien.«

»Das wäre ja perfekt. Was meinen die anderen?« Diana drängte auf eine Entscheidung, und sogar Robert nickte zustimmend. St. Tropez klang nicht schlecht. Kultiviert und lebendig. Außerdem konnten sie ein Boot chartern und damit Sehenswürdigkeiten entlang der Côte d'Azur ansteuern.

»Die Idee gefällt mir«, stimmte er zu, und Eric unterstützte ihn.

»Ich stimme für St. Tropez«, sagte er. »Vorausgesetzt, wir finden ein schönes Haus. Was meinst du, Pascale, könntest du dich darum kümmern?«

»Kein Problem. Ich kenne ein paar gute Makler in Paris. Und falls meine Mutter Großmutter allein lassen kann, würde sie sich bestimmt einige für uns ansehen.«

»Nein«, widersprach John entschieden. »Halte sie aus der Sache raus. Sie wird etwas Schauderhaftes aussuchen. Wickle lieber alles über einen Makler ab.« Immerhin hatte er nicht widersprochen, Ferien in Frankreich zu machen, obwohl er es immer als das »Land der Froschfresser« bezeichnete.

»Einstimmig angenommen?« Diana blickte fragend in die Runde, und alle nickten. »Dann also auf nach St. Tropez!«

Pascale strahlte. Was konnte reizvoller sein als einen ganzen Monat mit ihren besten Freunden in Südfrankreich zu verbringen? Sogar John schien sich damit abgefunden zu haben. In just diesem Moment verkündete Eric, dass Mitternacht sei.

»Frohes neues Jahr, Liebes«, sagte er zu Diana und küsste sie. Robert neigte sich zu Anne und küsste sie zart auf den Mund. Dann schloss er sie in die Arme und wünschte ihr alles Gute zum neuen Jahr. Pascale ging um den Tisch herum, um ihren Mann zu küssen. Sie störte sich nicht an dem Zigarrenrauch, und als er sie einen Tick leidenschaftlicher küsste, als sie erwartet hatte, vergaß sie sogar den Tabakgeschmack. Vielleicht war ihre Beziehung sogar noch ein wenig stabiler als die der anderen, denn sie hatten nur einander und keine Kinder, die sie miteinander verbanden.

»Ich kann es kaum erwarten, dass endlich August ist«, stieß Pascale ein wenig atemlos hervor. »Es wird fantastisch sein!«

»Und wenn nicht«, erklärte John ganz pragmatisch, »werden wir dich lynchen, weil es deine Idee war. Sieh zu, dass wir ein vernünftiges Haus bekommen. Und nicht so ein Rattenloch, das sie arglosen Touristen für die Sommerferien andrehen.«

»Ich werde das schönste Haus in ganz St. Tropez finden, versprochen«, gelobte sie und schnappte sich erneut Johns Zigarre. Sie nahm einen Zug und setzte sich auf seinen Schoß.

Gemeinsam wurden dann Pläne für den Sommer geschmiedet. In einem waren sich alle einig: Es würde ein toller Urlaub werden. Einen besseren Start ins neue Jahr hätten sie nicht haben können.

2

Ihr nächstes Treffen zu sechst fand zwei Wochen später im Apartment von Pascale und John an der West Side statt. An diesem Abend goss es in Strömen. Trotzdem trafen die Morrisons und Smiths wie immer pünktlich ein. Sie ließen ihre tropfenden Regenmäntel und Schirme vorn im Eingangsbereich. Die Wohnungseinrichtung der Donnallys war vielseitig und ungewöhnlich: afrikanische Masken hingen neben modernen Skulpturen und Antiquitäten, die Pascale aus Frankreich mitgebracht hatte. Auf dem Boden lagen prachtvolle persische Läufer, und in jedem Raum fanden sich ungewöhnliche Mitbringsel von ihren Reisen als Tänzerin um die ganze Welt. Über dem Kamin im Wohnzimmer hing ein kostbares Gemälde, und überall brannten Kerzen. Die Wände zierten zahlreiche Fotografien, die Pascale mit dem New York City Ballet zeigten. Dieser Raum spiegelte ihrer beider Persönlichkeiten wider, erzählte von den Reisen, die sie unternommen hatten, und der Art, wie sie lebten. Die Aura in diesem Zimmer war eindeutig französisch. Auf dem Tisch lag ein angebrochenes Päckchen Gauloises, von denen sich Pascale hin und wieder eine genehmigte, wenn John Zigarre rauchte.

Das Licht war gedämpft, und aus der Küche wehte ein

köstlicher Duft herüber. Pascale hatte Muschelsuppe zubereitet und als Hauptgang Kaninchen in Senfsauce. John hatte rechtzeitig einige Flaschen Haut-Brion geöffnet.

»Wie das duftet!«, rief Anne und wärmte sich die Hände am Kaminfeuer, das John vorsorglich angezündet hatte. Pascale reichte eine Platte mit Horsd'œuvre herum.

»Glaub nicht alles, was deine Nase dir vorgaukelt!«, warnte John und schenkte allen Champagner ein. »Du weißt doch, wer gekocht hat!«, fügte er grinsend hinzu.

»Toi alors!«, entgegnete Pascale schlagfertig, bevor sie in die Küche verschwand, um noch einmal nach dem Essen zu sehen. Als sie zurückkam, um sich zu den anderen auf die tiefroten Samtsofas im Wohnzimmer zu setzen, erklärte sie, dass sie gute Neuigkeiten habe.

»Was hast du angestellt?« Diana lehnte sich zurück in das Sofa und nippte am Champagner. Sie trug einen maßgeschneiderten schwarzen Hosenanzug. Sie hatte den ganzen Tag hart gearbeitet, um eine neue Spendenaktion für das Sloan-Kettering Krebszentrum zu organisieren. Und Eric hatte drei Nächte hintereinander Dienst gehabt, um Kinder auf die Welt zu holen. Beim heutigen Treffen wirkten alle etwas ruhiger als sonst und ein bisschen müde.

»Ich habe ein Haus gefunden!« Strahlend ging Pascale zu dem antiken Schreibtisch, den John und sie vor einigen Jahren in London entdeckt hatten. Mit einem großen braunen Umschlag kam sie zu den anderen zurück und reichte ihren Freunden einen Stapel Fotos. »*Voilà!* Genau das, was wir gesucht haben.« John enthielt sich vorerst eines Kommentars. Er hatte die Bilder bereits gesehen. Von dem Preis war er zwar nicht sonderlich angetan, aber das Haus war ohne

Frage wunderschön: eine elegante, weitläufige alte Villa, sehr gepflegt und mit einem wunderschönen, parkähnlichem Garten. Sie lag direkt am Meer und verfügte über eine eigene Anlegestelle. Zum Haus gehörte auch ein kleines Segelboot, was insbesondere Anne und Robert freuen würde, die beide leidenschaftliche Segler waren. Die Aufnahmen vom Gebäudeinneren zeigten ein hübsches Wohnzimmer mit provenzalischer Einrichtung, fünf geräumige, ansprechend gestaltete Schlafzimmer und ein Esszimmer, in dem leicht mehr als zwanzig Personen Platz fänden. Die Küche war in einwandfreiem Zustand. Ein bisschen altmodisch, aber dadurch gemütlich und mit viel Charme. Am besten war jedoch, dass es ein Dienstmädchen gab und einen Gärtner, der auch als Chauffeur zur Verfügung stand. Pascale hatte recht, lautete die einhellige Meinung, das Haus war perfekt. Es trug den Namen *Coup de Foudre,* was so viel bedeutete wie »Liebe auf den ersten Blick«. Noch war es für den ganzen August zu haben, aber die Eigentümer wollten eine baldige Entscheidung, da es verständlicherweise ein begehrtes Objekt war.

»Das sieht ja fantastisch aus, Pascale«, sagte Diana sichtbar angetan und studierte erneut die Fotos. »Es gibt sogar zwei Gästezimmer, falls wir Freunde oder die Kinder einladen wollen. Und wir haben eine Haushaltshilfe. Ich koche zwar gern, aber ich hasse es, hinterher aufzuräumen.«

»Genau«, stimmte Pascale zu, die begeistert war, dass den anderen das Haus gefiel. »Es ist allerdings nicht ganz preiswert«, räumte sie zögernd ein. »Durch drei geteilt lässt es sich aber bezahlen.« John verdrehte die Augen. Allerdings musste er zugeben, dass der Preis im Rahmen des Akzeptablen lag.

»Denkst du, dass es wirklich so schön ist wie auf den Fotos?«, fragte Robert und nahm von Pascales Horsd'œuvres. Ihre Kochkünste waren weitaus besser, als John behauptete. Von den köstlichen kleinen Canapés war kaum noch eines übrig, und der aus der Küche herüberziehende Duft ließ allen das Wasser im Munde zusammenlaufen.

»Warum sollten sie uns irreführen wollen?«, fragte Pascale leicht irritiert, weil John sie das Gleiche gefragt hatte. »Ich habe einen seriösen Makler beauftragt. Aber wenn ihr wollt, bitte ich Mutter, runterzufliegen und es sich anzusehen.«

»Gütiger Gott, nein!«, entfuhr es John entsetzt. »Halt sie da raus! Sie wird womöglich behaupten, ich sei ein reicher amerikanischer Bankier, und dann verdoppeln sie den Preis.« Er verzog gequält das Gesicht, und die anderen lachten.

»Ich finde, es sieht perfekt aus.« Anne war wieder ganz ernst. »Wir sollten zusagen, bevor es uns jemand vor der Nase wegschnappt. Und selbst wenn es sich als nicht ganz so perfekt wie auf den Fotos entpuppt – wie schlimm kann es denn sein, einen ganzen Monat in Südfrankreich in einer Villa zu verbringen? Ich bin dafür, dass wir noch heute Abend ein Fax mit unserer Zusage aufsetzen«, erklärte sie entschieden und lächelte Pascale an. »Du hast ausgezeichnete Arbeit geleistet!«

»Vielen Dank.« Pascale strahlte. Sie verlebte jedes Jahr den größten Teil des Junis und den ganzen Juli in Paris bei ihrer Familie. Und dieses Jahr würde sie zu ihrer großen Freude einen weiteren Monat in ihrem Heimatland verbringen können.

»Ich bin mit Anne einer Meinung«, sagte John ohne zu zögern. »Und das Haus hat sogar Gästezimmer. Unsere Kinder würden bestimmt sehr gern für ein paar Tage rüberkommen – falls niemand von euch etwas dagegen hat.«

»Ganz im Gegenteil. Jede Wette, dass unsere auch begeistert sein werden«, erklärte Eric, und Diana nickte.

»Ich weiß nicht, ob sich Katherines Mann freimachen kann, aber sie würde bestimmt gern mit den Jungs rüberfliegen. Und Samantha ist sowie ganz verrückt nach Frankreich.«

»So wie ich.« Anne lächelte. »Dann sind wir uns also einig?« Sie rechneten rasch durch, wie hoch die Kosten für jedes Paar sein würden. Als sie die Beträge in Dollar umrechneten, tat John zwar so, als würde er einen Herzanfall bekommen, aber sie kamen überein, dass ein so großes und gepflegtes Haus den Preis wert war.

»Dann ist es beschlossene Sache«, erklärte Robert mit zufriedenem Gesichtsausdruck. Er konnte es arrangieren, sich den ganzen August freizunehmen, und er wollte, dass auch Anne endlich wieder einmal richtig Urlaub machte. Sie hatte in letzter Zeit müde gewirkt und selbst eingeräumt, dass sie zu viel arbeitete. Robert hatte ihr vor Kurzem sogar nahegelegt, einmal über den verdienten Ruhestand nachzudenken. Das Leben war zu kurz, um die meiste Zeit des Tages entweder im Büro oder im Gerichtssaal zu verbringen. Anne liebte ihre Arbeit, aber es war eine anstrengende Tätigkeit, und ihre Klienten verlangten ihr eine Menge ab. Sie arbeitete oft bis spät in die Nacht hinein und auch am Wochenende. Ihr Beruf war immer ihre Passion gewesen, aber Robert dachte immer häufiger, dass sie allmählich einen Gang zurückschalten sollte. Er wünschte sich, mehr Zeit mit ihr zu verbringen. »Wirst du dir denn den ganzen August freinehmen?«, fragte er sie geradeheraus, nachdem Pascale sie ins Esszimmer gebeten hatte, weil das Essen fertig war. Anne nickte und zwinkerte ihm zu. »Ganz bestimmt? Ich werde dir nämlich eh keine Wahl lassen.« Er zog sie an sich und küsste sie.

»Ich verspreche dir, den ganzen Monat dort zu bleiben.«

»Dann ist es jeden einzelnen Penny wert«, sagte Robert, während sie Arm in Arm hinüber ins Esszimmer gingen.

»In erster Linie doch sicher wegen des Segelbootes«, zog sie ihn auf. Mit Robert gemeinsam zu segeln war eine ihrer Leidenschaften. Es erinnerte sie an ihre ersten Urlaube auf Cape Cod, als die Kinder noch klein waren.

Den ganzen Abend lang redeten alle angeregt über den geplanten Urlaub in St. Tropez. Natürlich ging es auch um andere Themen wie die Arbeit und die Kinder, aber vor allem sprachen sie über die Villa und das, was sie in Frankreich unternehmen wollten.

Als sie nach dem Essen noch bei einem Glas Château d'Yquem saßen, verspürten alle diese wohlige Vorfreude auf den kommenden Sommer. Es würde der perfekte Urlaub werden.

»Ich werde bestimmt vor euch eintreffen und könnte alles vorbereiten – Lebensmittel einkaufen und so weiter«, bot Pascale an. Eric vermutete, dass sich das Hausmädchen und der Gärtner bestimmt um alles kümmern würden. »Es würde mir aber nichts ausmachen«, erklärte Pascale bestens gelaunt.

Es war schon fast Mitternacht, als sie sich schließlich verabschiedeten. Die Morrisons und die Smiths teilten sich ein Taxi zur East Side. Es regnete immer noch. Während die anderen unterwegs weiter plauderten, lehnte sich Anne in ihren Sitz zurück und hörte lächelnd zu. Robert hatte den Eindruck, dass sie müder und erschöpfter wirkte als sonst. Aber außer ihm schien das niemandem aufzufallen.

»Alles in Ordnung?«, fragte er mit sanfter Stimme, nachdem sie die Morrisons abgesetzt hatten. Anne war während der ganzen Fahrt ungewöhnlich still gewesen.

»Aber natürlich«, sagte sie zu kraftlos, als dass es überzeugend wäre. »Ich habe nur darüber nachgedacht, wie schön es sein wird, einen ganzen Monat in Frankreich zu verbringen. Ich könnte mir nichts Besseres für uns beide vorstellen – lesen, ausspannen, segeln und schwimmen. Ich wünschte nur, es wäre nicht mehr so lange bis dahin.«

»Ich auch«, stimmte Robert zu. Das Taxi hielt vor ihrem Haus an der East Eighty-ninth Street, und sie eilten ins Gebäude, um nicht nass zu werden. Robert sah Anne dabei zu, wie sie den Mantel auszog, und er fand, dass sie sehr blass wirkte. »Es wäre mir lieb, wenn du schon vorher ein bisschen ausspannen würdest. Warum fliegen wir nicht mal für ein verlängertes Wochenende in die Sonne?« Er machte sich Sorgen. Anne war der wichtigste Mensch in seinem Leben. Mehr noch als die Kinder hatte Anne für ihn immer an erster Stelle gestanden. Sie war seine Geliebte, Vertraute, Verbündete und beste Freundin. Anne war der Mittelpunkt seines Lebens.

Während ihrer Schwangerschaften und der wenigen Male, die sie krank gewesen war, hatte er sie behandelt wie ein rohes Ei. Er war von Natur aus sehr fürsorglich. Anne hatte das immer an ihm geliebt. Seine zärtliche, liebevolle Art war ihr schon bei ihrer ersten Begegnung aufgefallen und hatte sich in den folgenden Jahren immer wieder bestätigt. In gewisser Weise war sie härter als er, strenger und energischer – aber auch unerbittlicher. Wenn sie die Interessen ihrer Klienten vertrat oder sich für ihre Kinder einsetzte, kämpfte sie leidenschaftlich. Ihr Herz hatte jedoch immer Robert gehört. Sie sagte es ihm nicht oft, aber ihre Beziehung währte bereits so viele Jahre und brauchte nicht mehr viele Worte. Als sie noch jünger waren, hatten sie mehr miteinander geredet, über ihre Hoffnungen, Träume und Gefühle. Robert war der Romantiker von ihnen beiden, derjenige, der davon träumte, wie ihre Zukunft aussehen könnte. Anne war immer die Pragmatische gewesen und wurde ganz vom Alltag in Anspruch genommen. Je älter sie wurden, desto weniger schien besprochen und geplant werden zu müssen. Sie gingen einfach weiter ihres Weges, Hand in Hand und Jahr für Jahr, zufrieden mit dem, was sie erreicht hatten und mit gebührendem Respekt gegenüber den Lektionen, die ihnen das Leben erteilt hatte. Die einzige Tragödie, die sie ereilt hatte, war der Tod ihres vierten Kindes, eines Mädchens, direkt nach der Geburt. Anne war damals am Boden zerstört gewesen, hatte sich aber dank Roberts Unterstützung und Fürsorge schnell wieder erholt. Tatsächlich war er derjenige, der viele Jahre um das kleine Mädchen trauerte und heute noch manchmal von ihm sprach. Anne hatte das hinter sich gelassen, und statt um das zu trauern, was sie verloren hatte, war sie lieber zufrieden mit dem, was sie besaß. Sie wusste jedoch, wie sensibel Robert mit derartigen Dingen umging, und sie respektierte seine Gefühle.

»Was möchtest du morgen unternehmen?«, fragte er, als sie in ihrem blauen Flanellnachthemd zu ihm ins Bett schlüpfte. Sie war eine attraktive Frau – nicht bloß hübsch, sondern elegant und von anmutiger Schönheit. Irgendwie gefiel sie ihm jetzt noch besser als zu Beginn ihrer Ehe. Sie war die Art Frau, die mit zunehmender Reife immer schöner wird.

»Erst ausschlafen und dann die Zeitung lesen«, antwortete sie gähnend. »Möchtest du am Nachmittag ins Kino gehen?« Sie sahen sich gern Filme an, am liebsten ausländische oder ernste, die Robert fast immer zum Weinen brachten. Als sie noch jünger waren, hatte sie ihn damit aufgezogen. Sie selbst würde niemals im Kino weinen. Aber es rührte sie, dass er ein so weiches Herz hatte.

»Gute Idee.«

»Ich bin froh, dass Pascale dieses Haus gefunden hat«, sagte Anne und kuschelte sich schläfrig an ihren Mann. »Das wird bestimmt ein wunderbarer Sommer.«

»Ich kann es kaum erwarten, wieder mit dir zu segeln«, sagte er und zog sie noch fester an sich. Als sie sich am frühen Abend anzogen, um zu den Donnallys zu fahren, hatte er wieder einmal gespürt, wie sinnlich und erotisch sie war. Aber jetzt war sie so müde, dass er sie lieber schlafen lassen wollte, obwohl er Lust darauf hatte, mit ihr Liebe zu machen. So müde hatte er sie seit Jahren nicht erlebt. Morgen würde er mit ihr darüber reden, dass sie einfach zu viel arbeitete. Er spürte, dass sie in seinen Armen einschlief, und nur Minuten später schlummerte auch er.

Um vier Uhr morgens wurde er wach und hörte, dass Anne im Bad war. Sie hustete, und es klang, als würde sie sich übergeben. Er sah den Lichtschein unter der Badezimmertür und wartete lauschend. Als aber eine Weile lang kein Geräusch mehr aus dem Bad drang, stand er auf und klopfte an die Tür. Anne antwortete nicht.

»Anne, alles in Ordnung?« Nichts passierte. »Anne? Liebes … ist dir nicht gut?« Pascales Dinner war köstlich gewesen, aber auch sehr gehaltvoll. Robert lauschte noch für einen Augenblick, dann öffnete er die Tür einen Spalt und schaute ins Bad. Anne lag auf dem Fußboden, das Haar zerzaust, das Nachthemd verrutscht. Sie war aschfahl im Gesicht, und die Lippen schimmerten bläulich. Robert bekam einen furchtbaren Schrecken. »Oh mein Gott …«, stammelte er und suchte hektisch nach ihrem Puls. Endlich konnte er ihn fühlen. Aber sie schien nicht zu atmen. Sollte er versuchen, sie wiederzubeleben oder erst 911 anrufen? Voller Panik holte er sein Handy und kehrte damit so schnell wie möglich zu Anne zurück. Er wählte mit zitternden Fingern die Nummer des Notarztes. Dann rief er Annes Namen und rüttelte sie sanft, aber sie reagierte nicht. Ihre Lippen schienen immer blauer zu werden. Robert hatte bereits die Notdienstzentrale am Apparat. Er nannte seinen Namen und die Adresse und sagte, dass seine Frau besinnungslos sei und kaum noch atme.

»Hat sie sich den Kopf gestoßen?«, fragte die Telefonistin ganz sachlich, während Robert gegen die aufsteigenden Tränen ankämpfte.

»Ich weiß nicht … Tun Sie doch etwas … bitte … Schicken Sie jemanden her … schnell …« Er hielt seine Wange dicht vor Annes Nase, konnte aber keinen Luftzug spüren. Und als er erneut ihren Puls suchte, fühlte er ihn nur noch ganz schwach. Es war, als würde Anne ihm aus den Händen gleiten, und er konnte nichts tun, um sie zu halten. »Bitte … helfen Sie mir … ich glaube, sie stirbt …«

»Der Krankenwagen ist schon unterwegs«, versicherte die Stimme am anderen Ende der Leitung. »Aber ich brauche noch ein paar Informationen. Wie alt ist Ihre Frau?«

»61.«

»Hatte sie in der Vergangenheit Herzprobleme?«

»Nein, aber sie ist erschöpft und überarbeitet.« Ohne ein weiteres Wort legte Robert das Telefon aus der Hand und versuchte Mund-zu-Mund-Beatmung. Anne gab kein Lebenszeichen von sich. Robert nahm das Telefon wieder in die Hand. »Ich weiß nicht, was sie hat. Vielleicht wurde sie ohnmächtig und hat sich den Kopf angeschlagen. Sie hat sich übergeben …«

»Hat sie vorher über Brustschmerzen geklagt?«, fragte die Stimme.

»Keine Ahnung! Ich habe geschlafen. Als ich wach wurde, hörte ich sie husten und würgen. Und als ich dann ins Badezimmer kam, lag sie bewusstlos auf dem Boden.« Während Robert das sagte, hörte er das Geräusch von Sirenen. Hoffentlich kam da der Krankenwagen!

»Atmet sie selbstständig?«

»Ich bin nicht sicher … sie bewegt sich nicht«, schluchzte er. Es klingelte unten an der Haustür. Robert lief in den Flur, um den Türöffner zu drücken. Dann öffnete er die Wohnungstür, ließ sie weit offen stehen und eilte zurück zu Anne. Sie lag unverändert da. Nur Sekunden später kamen drei Rettungssanitäter ins Bad gestürmt. Sie schoben Robert zur Seite und knieten sich neben Anne. Sie suchten nach den Herztönen und leuchteten ihr in die Augen. Derjenige von den Dreien, der das Kommando hatte, wies die anderen beiden an, Anne auf die mitgebrachte Krankentrage zu legen. Von dem, was sie sagten, verstand Robert nur ein einziges Wort: Defibrillator. Immer noch im Pyjama folgte er den Sanitätern die Treppe hinunter. Er schnappte sich den Mantel vom Haken, schlüpfte in ein Paar Schuhe und schob rasch das Handy in die Manteltasche. Dann nahm er noch seine Brieftasche von der Garderobe und lief hinter den Männern her nach draußen. Anne war bereits im Krankenwagen, und Robert hatte gerade noch Zeit, hinten einzusteigen, da schoss der Wagen bereits los.

»Was ist mir ihr? Was hat sie?« Er hatte sich schon gefragt, ob sie vielleicht etwas verschluckt hatte, das ihr jetzt die Luftröhre verstopfte, aber man klärte ihn auf, dass Anne einen Herzinfarkt gehabt habe. Einer der Sanitäter öffnete Annes Nachthemd und presste den Defibrillator auf ihren Brustkorb. Ihre Brüste waren zu sehen, und Robert hätte sie am liebsten bedeckt, aber jetzt war nicht der Zeitpunkt für Schamgefühle. Anne lag womöglich im Sterben! Ihr Herz hatte aufgehört zu schlagen, und sie trug eine Sauerstoffmaske. Robert musste voller Entsetzen mit ansehen, wie sich ihr Körper aufbäumte – und noch einmal. »O mein Gott … Anne …«, flüsterte er. »Mein Liebes … bitte …« Die Sanitäter stellten fest, dass ihr Herz wieder schlug, aber es war nicht zu übersehen, dass es schlecht um sie stand. Robert hatte sich nie zuvor in seinem Leben so hilflos gefühlt. Noch vor wenigen Stunden hatten sie mit ihren Freunden zu Abend gegessen. Anne war müde gewesen, aber nichts deutete auf eine derart dramatische Entwicklung hin, sonst hätte er sie doch umgehend in die nächste Notaufnahme gebracht.

Die Sanitäter waren zu beschäftigt, um mit ihm zu reden, aber für den Moment schienen sie mit Annes Zustand zufrieden zu sein. Über Funk sprachen sie mit dem nächstgelegenen Krankenhaus. Mit zitternden Händen holte Robert sein Handy aus der Manteltasche und rief Eric an. Es war kurz vor halb fünf am frühen Morgen, aber Eric ging beim zweiten Klingeln ran.

»Ich bin im Krankenwagen«, stieß Robert mit brüchiger Stimme hervor. »Anne hatte einen Infarkt. Sie haben sie wiederbelebt, aber, Eric, sie ist leichenblass und hat ganz blaue Lippen!« Robert brach schluchzend ab.

Eric war sofort auf den Beinen und schaltete das Licht ein. Diana richtete sich auf und blinzelte ihn an. Sie war an nächtliche Anrufe aus dem Kreißsaal gewöhnt und wachte normalerweise gar nicht mehr richtig auf, aber dieses Mal klang Erics Stimme irgendwie anders als sonst.

»Ist sie bei Bewusstsein?«, fragte Eric leise.

»Nein, ich habe sie auf dem Badezimmerboden gefunden ... ich weiß auch nicht ... Eric, sie sieht aus wie ... sie ...« Robert brachte kaum noch zusammenhängende Sätze heraus.

»Wohin bringt man sie?«

»Ich glaube, ins Lenox Hill.«

Das war nur wenige Blocks von Eric entfernt »Ich bin in fünf Minuten da. Ich finde euch – entweder in der Notaufnahme oder auf der Intensivstation. Keine Sorge, ich finde euch ... und Robert ... sie wird wieder gesund. Kopf hoch.« Er wollte Robert so gern beruhigen. Allerdings konnte er nur hoffen, dass er recht hatte.

»Danke«, war alles, was Robert über die Lippen brachte. Dann legte er auf. Die Sanitäter hielten den Defibrillator die ganze Zeit bereit, aber Annes Herz schlug weiter, bis sie am Krankenhaus ankamen. Am Eingang wartete bereits ein Notaufnahmeteam. Anne wurde mit einer Decke zugedeckt und auf ihrer Trage so schnell aus dem Krankenwagen hinaus und in das Gebäude befördert, dass Robert kaum hinterhereilen konnte. Sie wurde direkt auf die Intensivstation gebracht. Robert stand verloren im Warteraum der Station. Er fühlte sich steinalt und wünschte nur, seine Anne wieder zu haben, statt sie in den Händen völlig fremder Menschen zu wissen.

Wenige Minuten später kam ein Assistenzarzt mit einem Fragebogen zu ihm. Kurz darauf stand Eric plötzlich neben ihm. Diana war ebenfalls mitgekommen. Sie hatte darauf bestanden. Beide trugen Jeans und Trenchcoats und blickten sehr besorgt drein. Diana hatte sich nicht einmal die Zeit genommen, ihr Haar zu kämmen. Eric wirkte zumindest nach außen hin gefasst und stellte dem Assistenzarzt ein paar präzise Fragen. Dann gingen die beiden zusammen weg und ließen Robert bei Diana. Als Eric zurückkam, konnte man ihm ansehen, dass er keine guten Nachrichten hatte.

Annes Herz hatte erneut ausgesetzt, und der Kardiologe hatte Eric mitgeteilt, dass sie sie nur mit Mühe hatten reanimieren können. Ihre Vitalfunktionen sahen alles andere als gut aus. »Wann hat es angefangen?«, wollte Eric von Robert wissen. Er legte den Arm um seinen schluchzenden Freund, während Diana die ganze Zeit Roberts Hand drückte.

»Keine Ahnung. Um vier bin ich aufgewacht. Sie hat gehustet, und es hörte sich an, als müsse sie sich übergeben. Ich habe ein paar Minuten gewartet, aber plötzlich war es ganz still. Als ich ins Bad kam, war sie bereits bewusstlos.«

»Hat sie gestern auf dem Nachhauseweg über Schmerzen in der Brust geklagt?« Eric runzelte besorgt die Stirn. Nicht, dass es jetzt noch eine Rolle spielte. Wann auch immer es angefangen hatte, es war ein schwerer Infarkt gewesen. Es sah nicht gut aus, und der Kardiologe war skeptisch, ob Anne die Nacht überlebte.

»Sie war müde, schien aber sonst okay zu sein. Sie sprach von dem Haus in Südfrankreich und davon, heute ins Kino zu gehen.« Robert stand unter Schock, und in seinem Kopf ging alles durcheinander. Er sah Diana an, ohne sie wahrzunehmen. »Ich sollte die Kinder anrufen, oder? Aber ich will ihnen nicht unnötig Angst machen.«

»Ich werde sie anrufen«, sagte Diana leise. »Hast du ihre Nummern im Kopf?« Robert spulte mit monotoner Stimme die Telefonnummern ab und Diana notierte sie sich. Dann ließ sie die beiden Männer allein, um anrufen zu gehen. Sie kannte Roberts Kinder gut genug, um ihnen die schlechte Nachricht mitteilen zu können.

»O mein Gott.« Robert schwankte, sodass Eric ihn drängte, sich zu setzen. »Und wenn sie nun …«

»Jetzt warten wir erst einmal ab. Nicht jeder Herzinfarkt endet mit dem Schlimmsten. Versuche, ruhig zu bleiben. Es hilft ihr nicht, wenn du jetzt auch noch zusammenbrichst. Sie braucht dich. Du musst für sie stark sein.«

»Ich brauche sie«, stieß Robert mühsam hervor. »Ohne sie kann ich nicht leben.« Eric betete insgeheim, dass

Robert das auch nicht musste, aber auszuschließen war es momentan nicht. Er konnte nur ahnen, was Robert gerade durchmachte. Schließlich wusste er, wie glücklich die beiden seit fast 40 Jahren miteinander waren. Manchmal kam es ihm so vor, als wären die beiden zwei Hälften eines Ganzen, so wie es oft bei Menschen der Fall war, die über lange Zeit ein gemeinsames Leben führten.

»Halte durch«, sagte Eric und klopfte Robert tröstend auf die Schulter. Diana kam zurück und sagte, dass sie alle drei erreicht hätte. Sie wollten so schnell wie möglich herkommen.

Die beiden Söhne lebten an der Upper East Side, und die einzige Tochter, Amanda, in SoHo. Um fünf Uhr morgens durfte es kein Problem sein, ein Taxi zu bekommen. Fast eine Stunde war jetzt vergangen, seit Robert seine Frau bewusstlos gefunden und der Albtraum begonnen hatte.

»Darf ich sie sehen?«, fragte Robert ängstlich. Nie zuvor hatte er sich so schwach und überfordert gefühlt. Er hatte sich immer für einen starken Mann gehalten – schon allein deshalb, weil Anne das tat –, aber ohne sie schien um ihn herum alles zusammenzubrechen. Ständig hatte er dieses Bild vor Augen, wie sie regungslos auf dem Boden im Badezimmer lag.

»Sie lassen dich zu ihr, sobald es möglich ist«, versicherte Eric. »Momentan haben sie da drinnen alle Hände voll zu tun. Du würdest nur stören.« Robert nickte und schloss die Augen. Diana setzte sich neben ihn auf die Besuchercouch und nahm seine Hand.

»Ich will zu ihr«, sagte Robert schließlich mit einem Anflug von Hysterie in der Stimme. Eric bot sich an, nachzusehen, wie es Anne ging. Aber als er den Behandlungsraum betrat, erwartete ihn kein beruhigender Anblick. Anne wurde künstlich beatmet. Etwa ein halbes Dutzend Monitore neben ihrem Bett gaben mit piependen Geräuschen Aufschluss über ihre Vitalfunktionen. Sie hing am Tropf, und ein ganzes Ärzteteam kämpfte um ihr Leben. Eric sah sofort, dass er Robert diesen Anblick ersparen musste. Es würde ihn nur noch mehr ängstigen und niemandem nutzen.

Eric ging zurück in den Warteraum. Mittlerweile waren Roberts Söhne eingetroffen, und Amanda folgte wenige Minuten später. Sie alle hatten in den letzten Tagen irgendwann mit Anne gesprochen und konnten gar nicht glauben, was gerade passierte. Anne hatte gesund und voller Lebenskraft gewirkt, so wie immer. Und jetzt lag sie da und rang um ihr Leben. Sie fühlten sich alle furchtbar hilflos. Mandy nahm ihren jüngeren Bruder in den Arm, und die beiden weinten hemmungslos. Robert saß zwischen seinem älteren Sohn und Diana, die immer noch seine Hand hielt. Sie konnten nichts tun als warten.

Um kurz nach sieben kam der Chefkardiologe und teilte ihnen mit, dass Anne einen weiteren schweren Herzinfarkt erlitten hätte. Er musste ihnen nicht sagen, wie ernst die Situation war. Robert legte das Gesicht in beide Hände und weinte. Er schämte sich seiner Gefühle nicht.

Die Minuten schlichen nur so dahin, und als Diana um kurz nach acht mit einem Tablett voller Kaffeebecher aus der Cafeteria zurückkam, näherte sich der Chefkardiologe mit ernster Miene dem Warteraum.

Eric sah ihn zuerst und wusste sofort, was das zu bedeuten hatte. Robert ging es nicht anders.

Er stand auf und starrte den Arzt ungläubig an. »Nein«, sagte er schließlich und weigerte sich zu akzeptieren, was noch niemand ausgesprochen hatte. »Nein. Ich will das nicht hören.« Er wirkte verwirrt, aber plötzlich auch stark und zornig. Diesen Blick hatten die anderen nie zuvor bei ihm gesehen. Es war erschütternd, ihn so zu erleben.

»Es tut mir leid, Mr Smith. Ihre Frau hat den zweiten Infarkt nicht überlebt. Wir haben getan, was in unserer Macht stand. Sie hat das Bewusstsein nicht wiedererlangt. Wir haben es noch mit Herzmassage versucht … aber wir konnten sie nicht halten. Mein aufrichtiges Beileid.«

Robert sah aus, als würde er jeden Moment zusammenbrechen. Sekunden später lag Amanda in seinen Armen und schluchzte haltlos. Keiner von ihnen vermochte zu glauben, was passiert war. Noch vor wenigen Stunden hatte Anne mit ihren Freunden beim Abendessen gesessen, und jetzt war sie für immer von ihnen gegangen. Robert fühlte sich innerlich wie abgestorben. Er hielt seine Tochter in den Armen und sah, wie seine Söhne und Freunde weinten.

Der Arzt sagte Robert so einfühlsam wie möglich, dass entsprechende Vorkehrungen getroffen werden müssten. Bis alles geregelt sei, würde man Anne im Krankenhaus behalten. Als Robert die Worte hörte, begann er erneut zu schluchzen. »Was denn für Vorkehrungen?«, fragte er mit heiserer Stimme.

»Am besten wenden Sie sich an ein Bestattungsunternehmen und besprechen alles Weitere. Tut mir wirklich leid«, sagte der Arzt noch einmal und ging dann zum Empfangstisch der Intensivstation. Er hatte noch einige Formulare auszufüllen, bevor sein Dienst für heute beendet war. Es war mittlerweile neun Uhr am Samstagmorgen, und der Warteraum füllte sich allmählich mit Besuchern für die Kranken auf der Intensivstation.

»Lasst uns erst einmal alle zu uns fahren«, schlug Eric leise vor, rieb sich die Augen und legte den Arm um Robert. »Wir trinken Kaffee und besprechen alles Weitere.« Er sah zu Diana, die zustimmend nickte. Sie hakte sich bei Amanda ein, während Robert flankiert von seinen Söhnen den Warteraum verließ. Eric bildete den Schluss. Wie blind gingen sie durch das Gebäude und traten hinaus in den winterlichen Morgen. Nach dem Regen der vergangenen Nacht herrschte jetzt Eiseskälte. Der Himmel sah aus, als würde bald ein Sturm aufziehen. Aber Robert nahm nichts davon wahr. Wie betäubt stieg er zu seinen Kindern ins Taxi. Eric und Diana folgten in einem zweiten Wagen. Nur wenige Minuten später waren sie im Appartement der Morrisons.

Diana machte sich leise in der Küche zu schaffen und bereitete für alle Kaffee und Toast zu. Robert saß mit den anderen im Wohnzimmer.

»Ich begreife es einfach nicht«, sagte er weinend, als Diana einen Becher Kaffee vor ihn auf den Couchtisch stellte. »Gestern Abend ging es ihr gut. Das Letzte, was sie vor dem Einschlafen sagte, war, wie sehr sie sich auf das Haus in Südfrankreich freue.«

»Was denn für ein Haus?«, fragte Jeff, sein ältester Sohn, mit dumpfer Stimme.

»Wir haben zusammen mit deinen Eltern und den Donnallys für August ein Haus in St. Tropez gemietet«, erklärte Eric. »Gestern Abend haben wir uns Fotos davon angesehen, und deiner Mutter schien es wirklich gut zu gehen. Wenn ich jetzt darüber nachdenke, war sie etwas blass und wirkte müde, aber das geht vielen New Yorkern im Winter so. Ich habe mir nichts dabei gedacht.« Eric nahm es sich übel, dass ihm als Arzt nichts aufgefallen war.

»Auf dem Nachhauseweg habe ich sie gefragt, ob es ihr gut geht«, sagte Robert und ließ die Ereignisse in seinem Kopf Revue passieren. »Sie wirkte erschöpft, aber das kam mir bei ihrem Arbeitspensum nicht ungewöhnlich vor. Heute Morgen wollte sie erst mal ausschlafen.«

Und jetzt schlief sie für immer. Robert fiel voller Entsetzen ein, dass er gar nicht darum gebeten hatte, sie noch einmal sehen zu dürfen. Aber bestimmt würde er dazu später noch Gelegenheit bekommen. Er konnte an nichts denken als an den fürchterlichen Verlust. Immer wieder ließ er die Ereignisse vor seinem geistigen Auge ablaufen, als könne er auf diese Weise ein anderes Ende erzwingen. Wenn ihm doch nur aufgefallen wäre, wie schlecht es ihr ging, dann hätte er sie vielleicht retten können!

Er nippte nur zweimal kurz an seinem Kaffee. Den Toast rührte er gar nicht an.

»Wie soll es jetzt weitergehen?«, fragte Amanda und schnäuzte sich mit einem Papiertuch aus der Box, die Diana diskret auf den Tisch gestellt hatte. Mit ihren 25 Jahren hatte Amanda noch nie einen derart schweren Verlust erlitten. Der Umgang mit dem Tod war ihr nicht vertraut. Ihre Großeltern starben, als sie noch so klein war, dass sie sich nicht daran erinnern konnte. Bisher hatte sie nicht einmal den Tod eines Haustieres zu beklagen gehabt. Und jetzt hatte sie die Mutter verloren.

»Ich könnte euch ein paar Dinge abnehmen«, schlug Eric behutsam vor. »Gleich heute Morgen rufe ich Frank Campbell an.« Campbell war ein renommierter und traditionsreicher New Yorker Bestattungsunternehmer, der schon die Beerdigung solch berühmter Persönlichkeiten wie Judy Garland abgewickelt hatte. »Hast du bestimmte Vorstellungen? Wünscht du eine Feuerbestattung?« Diese Frage schockierte Robert. Er wollte nicht, dass Anne eingeäschert wurde. Sie sollte hier bei ihm sein, im Wohnzimmer der Morrisons! Quicklebendig, und sie alle fragen, ob sie denn verrückt geworden seien. Aber es war nicht verrückt. Es war unerträglich und unvorstellbar. Dabei schienen die Kinder noch etwas besser damit umgehen zu können als Robert.

»Kann ich etwas tun, Dad?«, bot Jeff leise an, und auch sein jüngerer Bruder bemühte sich, Haltung zu zeigen. Beide hatten ihre Frauen angerufen und erzählt, was passiert war. Diana hatte sich zwischendurch für einen Moment davongeschlichen, um Pascale und John zu benachrichtigen. Zuerst hatte sie Pascale am Apparat gehabt.

»Aber gestern Abend ging es Anne doch noch gut?«, hatte Pascale genauso ungläubig gefragt wie alle anderen. »Das kann nicht sein … was ist denn passiert?« Diana erzählte ihr, was sie wusste. Nach dem Anruf ging Pascale weinend zu ihrem Mann, der gerade die Zeitung las. Eine halbe Stunde später trafen die beiden bei den Morrisons ein.

Als Robert schließlich in sein Apartment fuhr, um sich anzuziehen, war es schon nach ein Uhr mittags. Im Bad brannte immer noch Licht. Und als er die Handtücher auf dem Boden liegen sah, mit denen er Anne zugedeckt hatte, damit sie nicht fror, brach er endgültig zusammen. Er legte sich schluchzend aufs Bett und umklammerte die Kissen, die nach ihrem Parfum dufteten.

Am Nachmittag begleitete Eric ihn zu Campbell's und half ihm, all diese schrecklichen Entscheidungen zu treffen. Es mussten Blumen bestellt und ein Sarg ausgesucht werden. Robert entschied sich für einen eleganten Mahagonisarg mit weißem Samtfutteral. Das Ganze war ein einziger Albtraum. Man sagte ihm, dass er seine Frau am späten Nachmittag sehen könne, nachdem sie vom Krankenhaus herübertransportiert worden war.

Als der Moment gekommen war, stand Diana weinend neben ihm, während Robert den leblosen Körper seiner Frau an sich presste. Zum Abendessen ging Robert zu seinem ältesten Sohn und seiner Familie. Als Jeff und seine Frau darauf bestanden, dass Robert auch bei ihnen übernachtete, stimmte er sichtlich erleichtert zu. Mandy würde über Nacht bei Mike und seiner Frau Susan bleiben. Keiner von ihnen wollten jetzt allein sein, und sie waren dankbar, einander zu haben.

Die Donallys und Morrisons aßen an diesem Abend ebenfalls gemeinsam, fassungslos über die Ereignisse. Am Abend zuvor hatte Anne noch bei ihnen gesessen. Jetzt war sie für immer von ihnen gegangen, und Robert war nur noch ein Schatten seiner selbst.

»Ich weiß, dass es taktlos ist, jetzt darüber zu sprechen«, begann Diana zögernd, während die anderen schweigend auf ihre Teller starrten. Sie hatten Essen vom Chinesen liefern lassen, aber niemand zeigte Appetit. »Aber ich frage mich, was jetzt mit dem Haus in St. Tropez passieren soll?«

»Dann will ich auch mal taktlos sein«, antwortete John mit grimmiger Miene. »Ich habe mich das nämlich auch schon gefragt. Für zwei Parteien ist es zu teuer. Wir können es nicht nehmen«, entschied er kategorisch. Pascale sah ihren Mann mit sichtlichem Unbehagen an.

»Dafür ist es zu spät«, flüsterte sie.

»Wieso das? Bisher haben wir noch nicht zugesagt.« Sie hatten vereinbart, Montagmorgen ein Fax aus Annes Büro loszuschicken.

»Irgendwie schon«, druckste Pascale verlegen herum.

»Was hat das zu bedeuten?« John musterte sie argwöhnisch.

»Das Haus ist ein solches Juwel, dass ich Angst bekam, jemand könne es uns vor der Nase wegschnappen. Also habe ich Mutter gebeten, eine Anzahlung zu leisten – sofort nachdem mich der Makler angerufen hatte. Ich war einfach sicher, dass ihr alle begeistert sein würdet.«

»Na prima«, stieß John zwischen zusammengebissenen Zähnen hervor. »Deine Mutter hat seit Jahren nicht einmal Zahnpasta für uns gekauft, es sei denn, du hättest ihr das Geld vorgestreckt. Und jetzt leistet sie auf einmal Anzahlungen für Häuser?« Er sah Pascale streng an, entsetzt über das, was er zu hören bekam.

»Ich habe ihr gesagt, wir zahlen es sofort zurück«, sagte Pascale leise und sah ihren Mann entschuldigend an.

»Sag ihr, sie soll sich die Anzahlung zurückgeben lassen«, erklärte John rigoros.

»Das geht nicht. Man hat mir vorher gesagt, dass das Geld nicht rückerstattet werden kann.«

»Um Himmels willen, Pascale! Warum zum Teufel hast du

das getan?« John war zwar wütend auf seine Frau, aber in Wahrheit war es Annes Tod, der ihm so zusetzte. Nur dass er nicht wusste, wie er seine Gefühle darüber zum Ausdruck bringen sollte. »Das kannst du allein bezahlen – und zwar von deinem Geld. Keiner von uns möchte jetzt noch dahin, am allerwenigsten Robert. Es ist vorbei – vergiss dieses Haus.«

»Vielleicht auch nicht«, entgegnete Diana leise. »Bis dahin sind noch sechseinhalb Monate. Vielleicht geht es Robert dann schon wieder besser. Außerdem würde ihm ein Tapetenwechsel sicher guttun. Und wir wären alle da, um ihn auf andere Gedanken zu bringen.«

Eric blickte seine Frau nachdenklich an, dann nickte er.

»Ich glaube, du hast recht«, unterstützte er sie. John sah das anders.

»Und wenn er nicht will? Dann bleiben wir vier auf den Kosten sitzen. Ich werde nicht mitkommen, und schon gar nicht dafür bezahlen.«

»Aber ich!« Pascale starrte ihren Mann wütend an. »Du bist so was von geizig, John Donnally. Du benutzt diese Situation als Entschuldigung, um kein Geld ausgeben zu müssen. Ich bezahle unseren Anteil, und du kannst zu Hause bleiben – oder deine Mutter in Boston besuchen.«

»Seid wann bist du so großzügig?«, fragte er in einem Tonfall, der sie endgültig in Rage brachte. Dabei waren sie im Grunde alle nur durcheinander wegen Anne und reagierten deshalb so gereizt.

»Robert braucht uns jetzt mehr denn je – und wir einander auch«, erklärte sie energisch. Die Morrisons waren ihrer Meinung und versuchten, John umzustimmen, aber er war nun mal ein Sturkopf.

»Ich werde nicht mitkommen«, beharrte er auf seinem Standpunkt.

»Dann lass es bleiben«, sagte Pascale seufzend und lächelte Eric und Diana traurig an. »Wir werden dir ein paar Ansichtskarten von dort schicken.«

»Nimm doch deine Mutter mit.«

»Vielleicht tue ich das sogar«, erwiderte Pascale und wandte sich dann den anderen zu. »Dann sind wir uns also einig. Im August fliegen wir nach St. Tropez.« Dieser Urlaub war das Geringste ihrer Probleme, aber es tat gut, zwischendurch an etwas Schönes denken zu können. Für Robert konnten sie momentan nicht mehr tun, als ihm ihre Unterstützung anzubieten. Pascale versicherte den anderen, dass Anne es ganz bestimmt so gewollt hätte – trotzdem fühlte es sich ein bisschen wie Verrat an, ohne sie nach St. Tropez zu reisen.

»Es wird nicht leicht sein, Robert zum Mitkommen zu überreden«, schätzte Diana die Situation realistisch ein. »Aber uns bleibt ja reichlich Zeit dafür. Lasst uns jetzt erst einmal das Haus mieten. Mit Robert reden wir später.« Und bis dahin hat auch John seine Meinung geändert, sagte sich Diana. Eine traurige Vorstellung blieb es trotzdem: Sie würden zu fünft reisen, ohne Anne.

Kurze Zeit später machten sich die Donnallys auf den Heimweg. Zu Hause angekommen, riefen sie Robert bei Jeff an. Robert war so durcheinander, dass sie nur kurz mit ihm sprachen. Pascale hörte seiner Stimme an, dass er viel geweint hatte. Sie wünschte, mehr für ihn tun zu können. Zum Abschied versprach sie, ihn am nächsten Tag im Bestattungsinstitut zu treffen. Die Beerdigung war für

Dienstag angesetzt. Robert hatte Jeff gebeten, Annes Partner in der Kanzlei anzurufen, und seine Schwiegertochter telefonierte eine umfangreiche Liste von Leuten ab, die Bescheid wissen sollten, bevor am nächsten Tag die Traueranzeige in der Zeitung erschien. Robert hatte sie selbst formuliert, und Mike hatte sie am Nachmittag persönlich bei der *New York Times* abgegeben.

Als Robert sich an diesem Abend bei Jeff und Elizabeth im Gästezimmer ins Bett legte, war er ausgezehrt vom vielen weinen. Außerdem hatte er seit Anne Tod so gut wie nichts gegessen. Er starrte an die Decke, dachte an seine Frau und hatte sich nie zuvor in seinem Leben so niedergeschlagen und einsam gefühlt. 38 wunderbare Jahre hatten von einem Moment auf den anderen ein Ende gefunden. Und Robert war fest davon überzeugt, ohne auch nur den Hauch eines Zweifels, dass auch sein Leben vorbei wäre.

3

Die Trauerfeier für Anne fand am Dienstagnachmittag in der St. James Church auf der Madison Avenue statt. Robert saß in der vordersten Kirchenbank, umrahmt von seinen Kindern, seinen Schwiegertöchtern, den Enkelkindern und seinen vier engsten Freunden. Es waren sehr viele Menschen zu dem Trauergottesdienst gekommen – Freunde, gemeinsame Bekannte, Arbeitskollegen, Klienten von Anne und ehemalige Klassenkameradinnen.

Gramgebeugt und tränenüberströmt hatte Robert am Arm seiner Tochter die Kirche betreten. Auch seine Kinder weinten hemmungslos.

In der Stille des Gotteshauses war Pascales Schluchzen nicht zu überhören. John saß wie erstarrt neben ihr, seine Wangen nass von Tränen.

Direkt hinter ihnen hatten die Morrisons Platz genommen, Hand in Hand und mit feuchten Augen. Sie alle konnten einfach noch nicht begreifen, dass Anne von ihnen gegangen war. Ihr altvertrauter Freundeskreis war abrupt aufgebrochen worden, und ein wichtiges Stück fehlte plötzlich.

Der Gottesdienst war zwar kurz, aber der Geistliche sprach in ergreifenden Worten. Als die Trauergemeinde kurz darauf dem Sarg zum Grab folgte, begann es zu schneien. Der ganze Winter war kalt und hart gewesen, aber an diesem Tag schien er sich noch einmal von seiner düstersten Seite zu zeigen.

Am Grab sprach der Geistliche, der Anne und Robert schon seit ihrer Hochzeit kannte, noch ein paar kurze Worte. Und dann kam der Moment, in dem Robert endgültig Abschied nehmen musste. Als er anschließend stumm und mit leerem Blick zum Wagen ging, wirkte er wie ein lebender Toter.

Nach der Beerdigung fuhren alle Gäste mit zu den Morrisons, wo sie ein kleiner Imbiss erwartete. Robert bewegte sich durch die Leute, als sei er auf Autopilot geschaltet. Er verließ die Gesellschaft als Erster, ohne jemandem Bescheid zu sagen – nicht einmal seinen Kindern. Lediglich John begleitete ihn. Er fuhr Robert nach Hause und brachte es nicht über sich, ihn dort allein zu lassen. Also blieb er.

Robert ließ sich wortlos auf das Sofa sinken und starrte ins Leere. Er konnte nicht einmal mehr weinen.

»Kann ich dir irgendetwas Gutes tun?«, fragte John leise und wünschte sich unvermittelt, dass Pascale bei ihnen wäre. Sie wusste in solchen Situationen besser, was zu tun war. Aber er ahnte, dass Robert im Moment niemand anderen um sich haben mochte – womöglich nicht einmal John selbst.

»Nein, vielen Dank.« John wusste nicht, ob er noch ein bisschen bleiben und sich einfach ruhig neben Robert setzen sollte, oder ob es besser war, zu gehen. Robert blieb stumm. In seiner Hilflosigkeit fiel John nicht anderes ein, als ein Glas Wasser zu holen und es vor Robert auf den Tisch zu stellen. Doch Robert schien es gar nicht wahrzunehmen. Stattdessen legte er seinen Kopf an die Rückenlehne und schloss die Augen. Er verharrte in dieser Position und sagte schließlich mit unendlichem Leid in der Stimme: »Ich habe immer geglaubt, dass ich zuerst sterbe. Anne war jünger als ich. Und sie wirkte immer so stark. Nicht im Traum hätte ich daran gedacht, sie einmal zu verlieren.«

In den vergangenen vier Tagen hatten ihm viele Menschen beschwörend gesagt, dass er Anne niemals wirklich verlieren würde, dass ihre Seele weiterlebe. Aber das stimmte nicht. Er wusste, dass er sie verloren hatte. Er sah John mit schmerzerfüllten Augen an. »Was soll ich jetzt nur tun?« Er hatte keine Vorstellung, wie sein Leben ohne Anne weitergehen sollte. Nach achtunddreißig gemeinsamen Jahren war sie ein untrennbarer Teil von ihm geworden.

»Ich denke, dass du zunächst einen Tag nach dem anderen bewältigen musst«, erwiderte John und setze sich neben ihn. »Eine andere Möglichkeit gibt es nicht. Und irgendwann wird es dir wieder besser gehen. Es wird sicher nie mehr dasselbe sein wie vorher, aber du wirst zurechtkommen. Und dann sind deine Kinder da und deine Freunde. Man überlebt selbst solche Schicksalsschläge, glaube mir.« Natürlich hätte John auch sagen können, dass Robert eines Tages womöglich noch einmal eine Frau finden würde. Aber er verkniff es sich. Im Moment konnte er es sich selbst nicht vorstellen. Die Beziehung zwischen Anne und Robert war sehr lange und innig gewesen, und Robert war nicht der Typ dafür, sich schnell jemand Neuem zuzuwenden. Und dennoch, er würde eines Tages wieder am Leben teilnehmen. Er würde darauf hinarbeiten müssen. John hoffte nur, dass Robert sich nicht aufgab und ihn der schmerzliche Verlust nicht umbrachte.

»Vielleicht sollte ich mich pensionieren lassen. Ich kann mir einfach nicht vorstellen, wieder zur Arbeit zu gehen.« Er konnte sich überhaupt nichts ohne Anne vorstellen ... Er hatte den Antrieb seines Lebens verloren.

»Es ist noch viel zu früh, um irgendwelche weitreichenden Entscheidungen zu treffen«, widersprach John. »Im Moment solltest du gar nichts ändern.« Ihm war unwillkürlich klar, dass sein Freund die Ablenkung durch seine Arbeit dringend brauchte, um nicht an dem Verlust seiner Frau zugrunde zu gehen. Schließlich hatte es solche Fälle schon gegeben.

»Ich werde wohl auch das Apartment verkaufen. Wie soll ich hier ohne sie weiterleben?« Seine Augen füllten sich mit Tränen.

»Du kannst sehr gern für eine Weile bei uns wohnen; bis du dich entschieden hast, was du künftig tun willst.«

Aber in Wahrheit wollte Robert gar nicht fort. Er wollte hier bleiben, in ihrer gemeinsamen Wohnung, mit seinen Erinnerungen an Anne. Pascale und Diana hatten Amanda bereits angeboten, mit ihr die Sachen ihrer Mutter durchzusehen und auszusortieren, aber selbst das konnte sich Robert noch nicht vorstellen. Er wollte nicht, dass die Frauen irgendetwas in der Wohnung veränderten. Es beruhigte ihn, Annes persönliche Gegenstände im Bad zu sehen – den Morgenmantel am Haken, ihre Zahnbürste im Becher. So konnte er sich einbilden, dass sie nur kurz irgendwohin gefahren war, zu einer Tagung zum Beispiel, und dass sie bald zurückkommen würde.

Aber früher oder später musste er die brutale Wahrheit akzeptieren.

John blieb lange Zeit neben Robert auf dem Sofa sitzen, und sie sprachen beide kein Wort. Als sich schließlich die Dunkelheit über den Raum senkte, schlief Robert ein. Da John ihn immer noch nicht allein lassen wollte, stand er leise auf, begab sich in Roberts Arbeitszimmer und blätterte in einigen Büchern. Um achtzehn Uhr rief er Pascale an.

»Wie geht es ihm?«, fragte sie besorgt.

»Er schläft jetzt – er ist emotional völlig erschöpft. Ich weiß nicht, ob ich ihn allein lassen kann. Was meinst du?«

»Ich denke, dass es gut ist, wenn du über Nacht dort bleibst.« John hatte fast mit dieser Antwort gerechnet. »Lass ihn einfach weiterschlafen. Soll ich euch etwas zu essen bringen?«

»Hier ist doch bestimmt noch irgendetwas«, erwiderte John – zögernd, weil er bisher noch nicht nachgesehen hatte.

»Ich bringe euch etwas Suppe und ein paar Sandwiches«, sagte Pascale bestimmt, und ausnahmsweise machte John keine dumme Bemerkung über ihre Kochkünste, sondern war dankbar für ihren Vorschlag. Annes Tod hatte ihn genauso wie alle anderen daran erinnert, wie kostbar ihr Leben und die Beziehungen zu ihren Partnern waren. Gleichzeitig fühlte er sich der Aufgabe, Robert zu helfen, nicht richtig gewachsen. »Ich freue mich auf dich«, sagte er leise zu Pascale.

Als Pascale mit einer großen Einkauftasche und einem Baguette unter dem Arm eintraf, war Robert gerade aufgewacht. Er wirkte ein wenig durcheinander, doch der Schlaf hatte ihm gut getan. Schließlich hatte er seit Freitagnacht nicht mehr richtig schlafen können. Als er sah, wie Pascale die Suppe auf den Küchentisch stellte und ein paar Sandwiches zubereitete, sagte er, dass er nichts essen könne. Pascale musterte ihn kritisch. Es kam ihr so vor, als hätte Robert bereits ein paar Kilo an Gewicht verloren.

»Du musst essen! Deine Kinder brauchen dich, Robert. Und wir auch. Du darfst jetzt nicht krank werden.«

»Warum nicht?«, fragte er verbittert. »Was wäre daran so schlimm?«

»*Wir* fänden das schlimm. Komm, sei vernünftig, und iss ein bisschen Suppe.«

Sie redete auf ihn ein, wie auf ein Kind. Schließlich ließ er sich am Küchentisch nieder und begann zu löffeln. Doch er schaffte nur einen halben Teller Suppe und lehnte das Sandwich ab. John und Pascale waren froh, dass er überhaupt etwas Nahrung zu sich genommen hatte. Die beiden beschlossen, dass John über Nacht bei ihm bleiben würde.

»Das ist nicht nötig. Ihr solltet euch auf den Heimweg machen. Es geht mir gut.« »Gut« war nicht unbedingt das Wort, dass sie als Erstes in Bezug auf seinen Zustand gewählt hätten, aber sie waren gerührt über seinen Versuch, sie zu beruhigen.

»John möchte gern hierbleiben«, drängte Pascale, aber Robert beharrte auf seinem Standpunkt, und so verließen ihn die Donnallys schließlich gegen zweiundzwanzig Uhr. Erschöpft sanken sie auf den Rücksitz eines Taxis.

»Ich mache mir solche Sorgen um ihn!«, sagte Pascale. »Was ist, wenn er sich aufgibt? Wenn er sich zum Beispiel zu Tode hungert? So etwas gibt es hin und wieder.«

»Das wird er schon nicht tun«, erwiderte John und versuchte eine Zuversicht auszustrahlen, die er gar nicht besaß. »Er wird Annes Tod irgendwann überwinden, vielleicht nicht vollständig, aber es wird ihm wieder so gut gehen, dass er normal leben kann. Mehr können wir nicht erwarten.«

»Ich bin mir nicht sicher, ob du recht hast«, sagte Pascale und musste wieder einmal Tränen von ihren Wangen wischen. Es war alles so traurig! Wer hätte geahnt, dass sie ein solcher Schicksalsschlag treffen würde? Dass Anne sie so plötzlich und ohne Vorwarnung verlassen würde? Unwillkürlich kuschelte sich Pascale dichter an ihren Mann. Dieses schreckliche Ereignis führte ihr vor Augen, wie vergänglich das Leben war und wie schnell es zu Ende sein konnte. Für jeden.

Sowohl Pascale und John als auch Eric und Diana telefonierten in den nächsten drei Wochen jeden Tag mit Robert, aber er ließ sich nicht bei ihnen blicken. Allerdings hielt er es auch nicht allein in seiner Wohnung aus und schlief deshalb vorübergehend bei Jeff. Er suchte die Nähe seiner Kinder und ging nicht zur Arbeit. Erst ungefähr einen Monat nach Annes Tod rang er sich schließlich dazu durch, an den Schreibtisch zurückzukehren. Zur selben Zeit zog er zurück in sein Apartment und traf sich auch wieder mit seinen Freunden.

Sie waren schockiert, als sie ihn sahen. Er hatte an Gewicht verloren und seine Augen blickten leer. Pascale zog ihn unvermittelt fest an sich und hatte Mühe, die Tränen zurückzuhalten. Sein kummervoller Anblick erinnerte sie alle noch einmal schmerzhaft an den großen Verlust, den sie erlitten hatten.

»Na, was gibt es bei euch Neues?« Robert gab sich Mühe, seine Stimme interessiert klingen zu lassen, aber seine Augen verrieten, dass ihm im Grunde alles gleichgültig war. Es war unmöglich, den alltäglichen Themen aus ihrem Eheleben zu lauschen, ohne die Leere neben sich noch gewaltiger zu empfinden. Dennoch war er froh, die anderen zu sehen. Ihre Gesellschaft tröstete ihn, und gegen Ende des Abends lächelte er sogar hin und wieder über einen von Johns Witzen und seine wiederholten Beschwerden über Pascale. Sie gingen alle noch viel behutsamer und liebevoller miteinander um als früher. Annes Tod hatte ihnen im Hinblick auf das menschliche Miteinander zu denken gegeben ...

»Gestern habe ich weitere Fotos von dem Haus in St. Tropez bekommen«, sagte Pascale irgendwann betont beiläufig, obwohl sie im Grunde wusste, dass es viel zu früh war – fünfeinhalb Monate bis zum Sommerurlaub und noch ein langer, beschwerlicher Weg, was Roberts Trauerarbeit anging.

Sie plauderten einige Minuten über das Haus, ehe Robert seine kummervollen Augen auf Pascale richtete. »Ich komme nicht mit.« Mehr sagte er nicht. Alles Weitere hätte ihn nur umso schmerzlicher daran erinnert, wie sehr er sich auf den Sommer in Frankreich an der Seite seiner Frau gefreut hatte.

»Du musst dich jetzt nicht entscheiden«, sagte Diana sanft und warf einen raschen Blick zu Eric. Er nickte und fügte hinzu: »Aber wenn du nicht mitkommst, wird uns John das Leben zur Hölle machen! Er ist einfach zu geizig, um sich die Kosten nur mit uns beiden zu teilen. Also musst du uns begleiten – schon allein Diana und mir zuliebe!« Eric grinste, und selbst Robert verzog den Mund zu einem leichten Lächeln.

»Vielleicht kann Diana ja eine Spendensammlung organisieren, damit ihr die Mietsumme zusammenbekommt«, schlug er vor.

»Ich hab eine bessere Idee!«, rief John und strahlte derart, dass die anderen auflachten. »Deine Mutter, liebe Pascale, würde uns sicher gern unterstützen! Sie könnte sich doch an die Straßenecke stellen und Kugelschreiber verkaufen ...« Abermals brach Gelächter aus. So fröhlich waren sie schon lange nicht mehr gewesen.

»Nun mal im Ernst«, sagte Robert, »ich werde mich natürlich an unsere Vereinbarung halten und unseren Teil der Miete bezahlen. Schließlich war Anne diejenige, die euch zu der Reise überredet hat. Es macht mir wirklich nichts aus, meinen Anteil zu zahlen. Ich will nur nicht mitkommen.«

»Das ist doch Blödsinn, Robert«, erwiderte Diana mit fester Stimme. Pascale warf ihr einen raschen Blick zu.

»Also, ich finde Roberts Vorschlag sehr nett«, sagte sie, und die anderen sahen sie erstaunt an. »Ich bin sicher, dass Anne diese Reaktion von dir erwartet hätte.« Robert nickte dumpf. Pascale hatte sicher recht. Warum sollten die anderen wegen Annes Tod finanzielle Probleme bekommen?

»Sagt mir, wie viel ihr bekommt, dann stelle ich euch

einen Scheck aus«, sagte er. Kurz darauf hatten sie sich bereits einem anderen Thema zugewandt. Nur John war anzusehen, dass er sich mit der Lösung des Problems unwohl fühlte. Als die anderen gegangen waren, sprach er Pascale darauf an.

»Findest du nicht, dass es ein wenig geschmacklos ist, John um seinen Mietanteil für dieses Haus zu bitten, obwohl er gar nicht hinfährt? Zumal mit der Begründung, dass ich geizig bin! Das war wirklich eine blöde Ausrede!« Er warf seiner Frau einen missbilligenden Blick zu, doch sie blieb gelassen und spülte in aller Ruhe die benutzen Gläser.

»Wenn er bezahlt, wird er auch kommen, auch wenn er das jetzt noch verneint.« John ging ein Licht auf und er lächelte. Wie schlau Pascale doch war!

»Glaubst du wirklich?«

»Wie würdest du dich denn in einer ähnlichen Situation verhalten?«

»Ich?« John lachte auf. »Teufel auch, wenn ich für etwas bezahlt hätte, würde ich auch den Gegenwert nutzen wollen. Aber Robert ist da etwas großzügiger. Ich glaube immer noch nicht, dass er mitkommt.«

»Denk an meine Worte, wenn du ihn in Frankreich siehst. Er weist es jetzt noch von sich, aber er kommt mit. Und es wird ihm sehr gut tun, verlass dich drauf.«

»Na, wenn du recht hast, dann hoffe ich, dass er nicht seine ganze Familie mitbringt, um sich über das Fehlen von Anne hinwegzutrösten. Seine Enkel sind so furchtbar wild! Und Susan geht mir auf die Nerven.« Pascale sah das genauso, aber das war ihr im Moment gleichgültig.

»Das ist jetzt egal. Hauptsache, er kommt.«

»Ich bin sehr froh, dass du ihn ein bisschen ausgetrickst hast«, sagte John und sah seine Frau liebevoll an. »Als du ihn so bestimmt um das Geld gebeten hast, hab ich mich zuerst so erschrocken, dass ich mich beinahe an meinem Kaffee verschluckt hätte. Ich fürchtete schon, dass mein jahrelanger Einfluss schlecht auf dich gewirkt hätte!«, gab er mit einem Grinsen zu.

»Nicht schlecht genug«, erwiderte Pascale sanft, beugte sich näher zu John und gab ihm einen Kuss. Seit Anne tot war, dachte sie sehr oft darüber nach, wie wichtig ihr die Beziehung mit John war. Ihm ging es nicht anders. Trotz ihrer unterschiedlichen Charaktere und sporadischen Zankereien waren sie sehr glücklich miteinander.

4

In den nächsten drei Monaten trafen sich die Freunde einschließlich Robert einmal pro Woche zum Essen. Außerdem riefen ihn die anderen anfangs beinahe täglich an. Es ging ihm langsam ein wenig besser, auch wenn er natürlich noch unendlich traurig war und bei jeder sich bietenden Gelegenheit von Anne sprach. Aber er thematisierte nicht mehr nur ihre letzten Stunden oder ihren Tod, sondern erinnerte sich mit den anderen inzwischen auch an fröhliche Geschichten. Und wenn Annes Name erwähnt wurde, brach er nicht mehr in Tränen aus.

Robert sprach zwar nach wie vor davon, das Apartment zu verkaufen, doch er hatte Annes persönliche Gegenstände immer noch nicht weggeräumt. Als Pascale und John ihn eines Abends zum Essen abholten, sahen sie, dass Annes Nachthemd noch im Badezimmer hing und ihre Haarbürste auf der Frisierkommode lag. Im Flur an der Garderobe hingen ihre Mäntel, und darunter standen etliche Paar Schuhe, die Anne gehört hatten. Und dennoch: Robert nahm wieder am Leben teil. Er ging zur Arbeit, traf sich mit seinen Kindern und legte großen Wert auf die Zusammenkünfte mit seinen Freunden.

Sie sprachen jetzt immer öfter über ihren Urlaub in St.

Tropez und drängten Robert, sie zu begleiten. Doch er lehnte nach wie vor ab – mit der Begründung, er habe zu viel Arbeit. Aber er hielt sein Versprechen und gab ihnen einen Scheck über die Höhe seines Mietanteils für das Haus.

Anne war jetzt seit vier Monaten tot. Robert hatte ihren Nachlass verwaltet und unter anderem eine Stiftung gegründet , die ihren Namen trug und deren Gelder für Einrichtungen verwendet wurden, die Anne am Herzen gelegen hatten – besonders solche, die sich um misshandelte Frauen und Kinder kümmerten.

Den Sommer über wollte Robert in New York bleiben.

»Hier ist es um diese Jahreszeit aber nicht besonders gut auszuhalten«, bemerkte Eric – der allerdings zugeben musste, dass auch er nicht für einen ganzen Monat mit nach Frankreich reisen konnte. Als Begründung führte er an, dass er in der Klinik unerwartet viel Arbeit habe, weil einer seiner Kollegen mehrere Monate wegen Krankheit ausfiel. Diana war darüber sehr unglücklich, entschied jedoch, dass sie mit Pascale und John in St. Tropez bleiben würde, wenn Eric vorzeitig abreiste.

»Das wird ja eine traurige Veranstaltung, wenn wir am Ende nur noch zu dritt sind«, sagte sie enttäuscht zu Pascale. Sie hatte auf ihre Freundin in den letzten Wochen einen sehr gestressten Eindruck gemacht, doch Pascale wusste, dass sie eine große Wohltätigkeitsveranstaltung für das Sloan-Kettering Krebszentrum plante und deshalb oft auch noch abends und an den Wochenenden arbeitete. Wegen Dianas letzter Bemerkung drängte Pascale Robert wieder einmal: »Willst du es dir nicht doch überlegen? Fahr mit uns nach Frankreich! Deine Kinder können gern ebenfalls mitkommen.«

»Mal sehen«, war alles, was Robert erwiderte. Doch zum ersten Mal reagierte er nicht durchweg ablehnend auf ihren Vorschlag.

Nachdem er sich auf den Heimweg gemacht hatte, rätselten die anderen wie schon so oft, ob er sich wohl noch würde umstimmen lassen. Robert war diesmal besonders früh aufgebrochen und hatte sich damit entschuldigt, dass ihm ein sehr anstrengender Tag bei Gericht bevorstünde. Außerdem, so erzählte er seinen Freunden leicht amüsiert, habe Amanda ihn gebeten, sie zur Premiere eines mit Spannung erwarteten Films und anschließendem Wohltätigkeitsball zu begleiten. Sie hatte sich gerade von ihrem derzeitigen Freund getrennt und brauchte folglich eine männliche Begleitung. Roberts Freunde machten sich ein wenig über ihn lustig – ob er jetzt ein Mitglied der Society sei und lieber glanzvolle Filmpremieren besuchen würde als sie. Doch Robert antwortete lächelnd, es ginge ihm nicht um die Party, sondern um den Film, der großartig sein müsse.

Als sie sich in der nächsten Woche wiedersahen, sprachen ihn die anderen auf den Abend an.

»Wie war's denn eigentlich bei der Filmpremiere?«, fragte Eric neugierig. Er sah wie immer gut aus, ja geradezu erholt, obwohl er wegen seines kranken Kollegen so viel zusätzlich arbeiten musste. Diana hingegen machte einen erschöpften Eindruck und schien sogar ein wenig abgenommen zu haben. Sie war viel ruhiger als sonst. Pascale registrierte es besorgt, sprach ihre Freundin jedoch nicht darauf an. Vielmehr freute sie sich mit den anderen darüber, dass Robert so vergnügt wirkte wie schon lange nicht mehr.

»Es war sehr interessant«, gab er zu. »Mindestens 500 Gäste waren dort, schätze ich, und bei der anschließenden Party ging es zu wie in einem Zoo. Aber Hauptsache, Mandy hat sich prima amüsiert. Sie hat mit einigen berühmten Schauspielern gesprochen, anscheinend kennt sie einen der Produzenten. Und dann hat sie auch noch mit einem äußerst gut aussehenden Kerl ein Date verabredet. Ich fürchte, mein Job als männliche Begleitung ist schon wieder zu Ende ...«

Doch da täuschte sich Robert, denn kurz darauf schleppte Mandy ihn zu einer weiteren Veranstaltung, und Pascale fragte sich insgeheim, ob Mandy ihren Vater mit Absicht unter die Leute brachte. Natürlich trauerte er immer noch um Anne, doch es war nicht zu übersehen, dass er die Ablenkung sehr genoss. Schließlich brachte diese Geschichte Pascale auf eine Idee.

Sie rief Amanda am nächsten Morgen an und schlug ihr vor, gemeinsam mit Robert nach St. Tropez zu kommen. »Die Reise wird ihm sicherlich sehr gut tun.«

»Kann sein,« erwiderte diese nachdenklich, »ich glaube nämlich, dass es ihm langsam besser geht. Allerdings sagt er, dass er nicht gut schläft.«

Wie Pascale vermutet hatte, war Mandy nach wie vor besorgt um ihren Vater und hielt ihn deshalb immer wieder dazu an, etwas mit ihr zu unternehmen. »Letzte Woche waren wir bei einer Premiere, und er hat sich wirklich gut gehalten. Vermutlich würde er es nicht zugeben, aber ich glaube, er hatte richtig Spaß an der Veranstaltung. Irgendwann hab ich ihn aus den Augen verloren, aber er hat sich offensichtlich ganz allein in der Menge getummelt.«

»Na, dann sieh doch mal zu, dass du wegen St. Tropez etwas erreichst«, drängte Pascale. »Wie gesagt, die Reise wird ihm bestimmt gefallen.«

»Ganz bestimmt!«, erwiderte Mandy lachend. »Und mir auch! Dad hat erzählt, dass ein Anleger und ein Boot zu dem Haus gehören und dass die Fotos von dem Anwesen vielversprechend sind. Hört sich super an! Ich würde sehr gern mitkommen.«

»Nun, es gibt genug Zimmer, fühl dich also herzlich eingeladen«, sagte Pascale fröhlich. Amanda versprach, ihr Bestes zu geben.

Doch in der folgenden Woche sagte Robert das gemeinsame Essen mit seinen Freunden ab. Er habe zu viel zu tun, gab er als Begründung an. Kurz darauf ergab es sich, dass das Treffen sowieso ausfallen musste, da in Erics Klinik an jenem Abend drei Geburten anstanden und Pascale sich mit einer Erkältung ins Bett legen musste.

Sie fühlte sich immer noch nicht wieder ganz fit, als Diana sie am nächsten Tag anrief, um ihr eine Neuigkeit zu erzählen, die sie »aus den Schuhen hauen« würde, wie sie es ausdrückte.

»Du bist schwanger!«, sagte Pascale in neidischem Tonfall, und Diana lachte auf.

»Hoffentlich nicht! Und wenn doch, dann haben die Hormone völlig falsch gewirkt!« Zwei Jahre zuvor hatten sich bei Diana erste Wechseljahresbeschwerden bemerkbar gemacht, gegen die sie sich ein Hormonpräparat hatte verschreiben lassen. Das Thema Schwangerschaft war demzufolge für sie schon längst erledigt. »Also, ich bin natürlich nicht schwanger, aber meine Nachricht ist mindestens so aufregend. Da unsere Verabredung gestern Abend ja geplatzt war und Eric arbeiten musste, bin ich mit Samantha ausgegangen. Wir waren im Mezza Luna – zumindest hatten wir vor, dort zu essen. Aber dann haben wir uns heimlich wieder davongeschlichen. Denn weißt du, wer da war?«

»Lass mich raten: Tom Cruise, und er hat dich um ein Date gebeten?«

»Fast. Nein im Ernst: Es war Robert – und zwar in Begleitung einer Frau! Offensichtlich hat er sich gut unterhalten, er lächelte und plauderte die ganze Zeit. Ich habe die Frau nicht erkannt, aber Samantha. Du glaubst nicht, wer es war – Gwen Thomas!«

»Die Schauspielerin?« Pascale hörte sich an wie vom Blitz getroffen – und kam sich tatsächlich so vor. »Bist du dir ganz sicher?«

»Nein, aber sie sah ihr wirklich sehr ähnlich. Und Sam war sich ganz sicher.« Die Frau sei hübsch und noch jung gewesen, fügte Diana noch hinzu, und sie und Robert waren sehr in ihr Gespräch vertieft. Er habe ziemlich glücklich ausgesehen ...

»Woher mag er sie wohl kennen?« Robert hatte die Schauspielerin nie erwähnt! Er hatte überhaupt nie erwähnt, dass er sich in den letzten Monaten mit Frauen zum Essen getroffen hatte! Pascale vermutete deshalb, dass es das erste Mal gewesen war.

»Spielt sie nicht die Hauptrolle in jenem Film, zu dessen Premiere er Mandy letzte Woche begleitet hat?«, fragte Diana.

»Ich glaube, ja«, erwiderte Pascale nachdenklich und sank in ihre Kissen zurück. »Du liebe Güte, wie gruselig, wenn er jetzt anfängt, mit Stars, Sternchen und Models auszugehen! Er ist doch im Grunde so naiv – und auch verletzlich. Schließlich waren Anne und er schon seit Ewigkeiten zusammen. Er kennt doch überhaupt nichts von der Welt! Ich meine, Anne hätte mal erwähnt, dass Robert vor ihrer Beziehung kaum eine andere Freundin gehabt habe. Er weiß also gar nicht, wie das heutzutage vor sich geht!«

»Da hast du recht«, stimmte Diana ihr vehement zu und gelobte sich im Stillen, ein beschützendes Auge auf ihn zu haben – um Annes willen, und um seiner selbst willen. Das hätte sie wirklich nicht von Robert geglaubt – dass ausgerechnet er einmal mit einer berühmten Frau ausgehen würde ... Irgendwie widerstrebte es ihr, sich jemand anderes als Anne an seiner Seite vorzustellen.

»Wie alt ist sie eigentlich?«, fragte Pascale, und ihre Stimme klang etwas ängstlich, als fürchte sie, Diana würde antworten: zweiundzwanzig. Aber sie wusste, dass Gwen Thomas nicht mehr so jung war. Pascale hatte die Schauspielerin schon in etlichen Filmen bewundert und ihr fiel ein, dass sie im vergangenen Jahr einen Oscar gewonnen hatte.

»Ich nehme an, sie ist Ende dreißig, vielleicht vierzig. Obwohl sie nicht so aussieht. Sie wirkt eher, als sei sie in Sams Alter.«

»Wie dumm von ihm! Solche Frauen spielen nun wirklich nicht in seiner Liga. Machten sie einen verliebten Eindruck?«

»Nein«, antwortete Diana, »den Eindruck hatte ich nicht.

Sie sahen aus wie gute Freunde«, fügte sie hinzu und klang hörbar erleichtert.

»Ich wüsste zu gern, wie er sie kennengelernt hat.«

»Na, vermutlich bei dieser Premiere!«

Noch eine ganze Weile lang unterhielten sich die beiden Frauen über die verblüffende Neuigkeit – über die Gefahren und die Fallen, in die ihr Freund tappen mochte, wenn er sich weiterhin mit Gwen Thomas traf. Sie beschlossen, bei nächster Gelegenheit ein offenes Gespräch mit ihm zu führen. Plötzlich war ihnen das noch wichtiger, als ihn zu der Reise nach Frankreich zu überreden.

»Ich frage mich, ob Mandy weiß, dass er sich mit dieser Schauspielerin getroffen hat«, sagte Diana schließlich.

»Sie hat mir erzählt, dass sie ihn während der Premierenfeier irgendwann aus den Augen verloren hat«, berichtete Pascale. »Ich werde ihn für nächste Woche zu unserem Essen einladen, und dann hören wir ja, ob er Gwen Thomas erwähnt. Oder vielleicht fragen wir ihn einfach. Hat er euch in dem Lokal eigentlich gesehen?«

»Nein«, erwiderte Diana. »Und ich habe mich so erschrocken, dass wir auf dem Absatz kehrtgemacht haben. Ich wollte ihn nicht bloßstellen. Im Grunde ist es ja eine positive Entwicklung, dass er wieder ausgeht und sich mit Frauen trifft. Ich will nur nicht, dass eine dieser Frauen ihn verletzt.« Die Vorstellung, dass er in die Fänge eines Filmstars geraten sein könnte, beunruhigte sie beide.

»Genauso sehe ich es auch«, stimmte Pascale ihr zu. »Schließlich kennen wir genug sehr nette Frauen, die wir ihm vorstellen könnten, wenn er reif für eine neue Beziehung ist. Ich glaube aber nicht, dass er schon so weit ist.«

Als Robert die Einladung zum Essen in der folgenden Woche annahm, war Pascale sehr erleichtert. Er klang am Telefon nicht anders als sonst.

Doch dann versetzte er seine Freunde in Erstaunen, als er während des gemeinsamen Essens Gwen Thomas erwähnte.

»Wer ist das denn?«, fragte John verwirrt, und die beiden Frauen beobachteten aufmerksam Roberts Mimik. Sie hofften, in seinem Gesichtsausdruck Anzeichen dafür zu erkennen, wie wichtig ihm diese Frau war.

»Diese Frau hat immerhin einen Oscar gewonnen«, klärte Pascale ihren Mann in leicht genervtem Tonfall auf. »Jeder kennt sie – außer dir offenbar. Und sie ist sehr hübsch.« Dann wandte sich Pascale Robert zu. »Wie hast du sie kennengelernt?«

»Als ich mit Mandy bei dieser Filmpremiere war«, sagte Robert in unschuldigem Ton. Pascale und Diana warfen sich einen raschen Blick zu. Das hatten sie ja bereits vermutet. »Sie ist eine sehr interessante Frau. Gwen hat etliche Jahre in England gelebt und in Shakespeare-Inszenierungen mitgespielt. Von dort hat sie an den Broadway gewechselt, ehe sie zum Film kam. Sie ist sehr intelligent und belesen.« Dianas Miene war während dieses kleinen Vortrags immer besorgter geworden, und Pascales Augen wurden vor Argwohn ganz schmal.

»Du weißt ja schon ziemlich viel über sie«, sagte sie betont beiläufig, und John sah seine Frau erstaunt an.

»Wie sieht sie denn aus?«, fragte er zunehmend interessiert. Was mochte diese Frau seinem Freund bedeuten? Ob sie schon zusammen im Bett gewesen waren?

»Sie ist sehr attraktiv«, erwiderte Robert ohne große Leidenschaft. »Sie hat rote Haare und ist geschieden.«

Pascale musste schlucken.

»Wie alt ist sie denn?«, wollte Diana ruhig wissen.

»Einundvierzig«, antwortete Robert und wandte sich wieder seinem Essen zu. »Sie hat zuletzt in Kalifornien gelebt und ist gerade erst wieder nach New York gezogen. Sie scheint sich ein wenig einsam zu fühlen und kennt hier kaum jemanden näher.« Ohne dass sie sich hätten absprechen können, waren sich Pascale und Diana beide absolut sicher, dass die Geschichte mit der Einsamkeit nur eine Masche war, mit der Gwen Thomas Robert umgarnt hatte.

»Und trefft ihr euch noch mal?« Pascale konnte sich die Frage nicht verkneifen, bemühte sich aber um einen unschuldigen Tonfall.

»Ich weiß nicht«, sagte Robert, »sie ist immer sehr beschäftigt. Genau wie ich. Ab September dreht sie einen neuen Film und vorher geht sie den Sommer über mit Freunden auf Reisen. Ich glaube, Anne hätte sie auch gemocht«, fügte er leise hinzu und lächelte seine Freunde an. Er hatte offenbar nicht die leiseste Ahnung von dem Aufruhr in Pascale und Dianas Köpfen. Die beiden konnten ihn allerdings auch gut verbergen.

»Robert«, sagte Diana schließlich, unsicher, wie sie beginnen sollte, »du bist doch hoffentlich vorsichtig, oder? Es gibt jede Menge geschickter Frauen, die nur darauf aus sind, Männer wie dich in ihre Fänge zu bekommen. Entschuldige, dass ich dir das sage, aber du hast nun mal keinerlei Erfahrung, wie es in Bezug auf Dates in der heutigen Welt zugeht.« Diana hatte sich um einen schwesterlichen Tonfall bemüht, und Robert lächelte.

»Ich habe im Moment ja gar keine Dates«, sagte er und sah ihr unverwandt in die Augen. »Gwen ist nur eine Freundin.« Damit war das Thema beendet.

Als sich die Freunde kurz darauf trennten und Eric mit Diana allein war, hielt er ihr vor, übers Ziel hinausgeschossen zu sein.

»Robert ist schließlich erwachsen! Er hat das Recht, zu tun und zu lassen, was er will. Und wenn er gleich für sein erstes Date einen Filmstar aufreißt – umso besser für ihn.« Erics Miene schwankte zwischen Bewunderung und Amüsiertheit.

»Er weiß nicht, was er tut«, widersprach Diana. »Der Himmel weiß, wie diese Frau gestrickt ist! Robert hat zum Beispiel gar nicht erwähnt, ob sie Kinder hat.«

»Was macht das für einen Unterschied?«

»Wenn sie Kinder hat, kann man zumindest davon ausgehen, dass sie eine halbwegs ehrbare und zuverlässige Person ist.«

»Pascale hat auch keine Kinder, und sie ist eine großartige Frau. Was du sagst, ist Blödsinn. Eine Menge ehrbare Frauen hat keine Kinder.«

»Bei Pascale ist das etwas ganz anderes, das weißt du. Ich mache mir halt Sorgen um Robert.«

»Das geht mir ja genauso. Aber wenn er wieder anfängt, mit Frauen auszugehen, ist das doch ein wunderbares Zeichen, und ich bin froh darüber! Warum kümmert ihr beide, Pascale und du, euch nicht um eure eigenen Sachen und lasst den armen Kerl in Ruhe?«

»Wir möchten ihn nur zu seinem Besten warnen«, beharrte Diana.

»Eine neue Liebe wäre das Beste, was ihm passieren könnte. Und vielleicht ist diese Gwen ja sehr nett.« Eric wollte die ganze Angelegenheit einfach positiv sehen – im Gegensatz zu den beiden Frauen, die die Schauspielerin schon allein deshalb ablehnten, weil sie glaubten, Annes Position verteidigen zu müssen.

»Eine Schauspielerin – ganz nett? Machst du Witze? Das ist doch eher unwahrscheinlich.« Diana weigerte sich, ihren Standpunkt aufzugeben.

»Du hast recht, es ist eher unwahrscheinlich, dass sie eine ganz normale, nette Frau ist. Trotzdem ist es möglich, dass die beiden ein bisschen Spaß miteinander haben!« Eric hatte bei diesen Worten ein Glitzern in den Augen, und während sich die beiden zum Auskleiden ins Bad begaben, machte Diana ein missmutiges Gesicht. Die Fantasien von Männern gingen doch immer in dieselbe Richtung. Und solange Robert ein bisschen »Spaß« mit dieser Gwen haben konnte – wen interessierte es da, wie berechnend sie war? Eric interessierte es bestimmt nicht – und John drückte sich Pascale gegenüber zur selben Zeit ganz ähnlich aus.

»Alors!« Pascale machte eine unwillige Handbewegung. »Und was, wenn sie ihn nur benutzt?«

»Wozu benutzt?«, fragte John irritiert zurück. »Meine Güte, im Übrigen kann ich mir schrecklichere Dinge vorstellen, als von einem Filmstar ›benutzt‹ zu werden ...«

»Nun, ich nicht. Robert ist ein freundlicher, liebevoller, ehrbarer und anständiger Mann – und ziemlich unbedarft.«

»Sie vielleicht auch!«

»Du lieber Himmel.« Pascale verdrehte die Augen. »Du musst betrunken sein. Oder eifersüchtig auf ihn.«

»Ach, Pascale – dem armen Mann hat Annes Tod beinahe das Herz gebrochen. Nun freu dich doch, wenn er wieder ein bisschen Spaß hat!

»Aber nicht mit der falschen Frau!« Pascales Blicke wirkten wie Dolchstöße.

»Nun übertreib mal nicht. Womöglich sieht er diese Gwen nie wieder. Ich bin sicher, dass sie sich etwas Aufregenderes vorstellen kann als ein Verhältnis mit einem dreiundsechzigjährigen Richter am Superior Court. Vielleicht sind die beiden wirklich nur Freunde.«

»Wir müssen unbedingt dafür sorgen, dass er für eine Weile aus New York rauskommt. Das heißt, er *muss* uns nach Frankreich begleiten!«, sagte Pascale mit fester Stimme.

John bracht in Gelächter aus und konnte es sich nicht verkneifen, seine Frau ein wenig zu ärgern. »Vielleicht bringt er sie ja mit!«

»Nur über meine Leiche. Und Diana sieht das genauso«, erwiderte Pascale selbstbewusst. John schüttelte den Kopf und stieg in sein Bett.

»Der arme Robert! Die Sittenpolizei fährt schwere Geschütze auf, um ihn zu beschützen. Inzwischen hoffe ich für seinen Seelenfrieden, dass er nicht mit nach St. Tropez kommt.«

»Im Gegenteil, du musst ihn dazu überreden!« Pascale warf ihrem Mann einen flehentlichen Blick zu. »Wir sind es Anne einfach schuldig, ihn vor diesem Weib zu schützen.« Im Laufe der Stunden hatte sich Pascale – genau wie

Diana – fanatisch in ihre Rettungsaktion hineingesteigert.

»Keine Sorge – diesen Job werden bestimmt andere übernehmen. Kann ich dir sonst noch irgendwie helfen? Soll ich dir zum Beispiel eine Voodoo-Puppe besorgen, die du zu Roberts Schutz einsetzt? Ich bin sicher, ich kann irgendwo eine auftreiben.«

»Dann mal los!« Pascale schien in ihrem Zorn und in ihrer Rechtschaffenheit geradezu aufzugehen. »Wir dürfen nichts unversucht lassen.«

John hatte den Eindruck, dass sich seine Frau auf eine Art heilige Mission begeben hatte. Bei diesem Gedanken lachte er laut auf und zog Pascale in ihrem großen, gemütlichen Bett in seine Arme.

5

Kurz vor Pascales Abreise im Juni gingen die Morrisons und die Donallys zusammen mit Robert ins Four Seasons essen. Sie plauderten über alles Mögliche und kamen unweigerlich auf das Haus in St.Tropez zu sprechen. Robert weigerte sich nach wie vor mitzukommen, und John erinnerte ihn daran, dass er immerhin ein Drittel der Miete beigesteuert hatte und auch etwas davon haben sollte.

»Damit habe ich nur Annes Verpflichtungen eingelöst«, erklärte er mit traurigem Blick. »Sie hatte sich so auf diesen Urlaub gefreut. Es hätte ihr dort bestimmt gefallen.« Während er das sagte, schaute er versonnen in die Ferne.

»Dir auch«, stellte John sachlich fest. »Zuerst wollte ich auch nicht mitfahren. Ich war wütend, weil Pascale eine Anzahlung auf das Haus geleistet hatte, ohne es vorher mit mir abzusprechen. Aber was soll's ...« Schon vor geraumer Zeit hatte er Pascales Mutter das Geld zurückerstattet und sich anders entschieden. »Es wird sicher lustig. Warum kommst du nicht mit? Anne hätte sicher nicht gewollt, dass du hier bleibst.«

»Vielleicht hast du recht«, sagte Robert nachdenklich. »Amanda würde es auch gut tun. Eventuell könnte sie mich begleiten, wenn auch nicht für einen ganzen Monat. Aber so lange muss ich ja gar nicht bleiben.«

»Wenn sie sich abwechseln, ist auch noch Platz für Jeff und Mike. Das Haus ist sehr geräumig. Soweit ich weiß, wollen Katherine und ihr Mann ebenfalls für ein paar Tage vorbeischauen.« Diana sah, wie John und Pascale einen Blick wechselten. Sie hatte also richtig vermutet, dass John nicht gerade davon begeistert war, sich mit den Kindern der anderen herumzuschlagen. Aber Pascales mahnender Gesichtsausdruck sorgte dafür, dass er schwieg.

»Die Jungs verbringen den Sommer auf Shelter Island, aber Mandy wird es bestimmt einrichten können. Ich werde sie fragen. Tut mir vielleicht gut, wenn sie mich begleitet.«

»In jedem Fall«, versicherte Diana. Pascale war an diesem Abend erneut aufgefallen, wie angespannt Diana wirkte. Eric schien dagegen bester Dinge zu sein und kümmerte sich rührend um sie. Aber Pascale entging nicht, wie kühl Diana sich ihm gegenüber verhielt, ganz entgegen ihrer sonstigen Art.

»Ich gebe euch in ein paar Tagen Bescheid«, lautete Roberts abschließender Kommentar zu dem Thema.

Einen Tag vor Pascales Abreise rief er sie an und sagte, dass Mandy zugestimmt habe. Sie würde für fünf Tage mitkommen. Und Robert überlegte tatsächlich, zwei ganze Wochen zu bleiben.

»Bleib, so lange du möchtest.« Pascale freute sich. »Es ist auch dein Ferienhaus.«

»Mal sehen.« Und dann fügte er etwas hinzu, womit er Pascales überraschte: »Vielleicht bringe ich noch jemanden mit.«

Es folgte ein langes Schweigen, währenddessen Pascale nach den richtigen Worten suchte, um ihn zu fragen, wie das gemeint sei.

»Einen Freund?«

»Noch ist nichts entschieden. Ich lasse es dich wissen, sobald ich es geklärt habe.« Pascale hätte ihn zu gern gefragt, um wen es ging, traute sich aber nicht. Mann oder Frau? Gwen Thomas konnte es nicht sein. Traf er sich etwa mit einer anderen Frau? Sie wusste, dass er immer noch um Anne trauerte, man sah es ihm deutlich an, wenn er über sie sprach. Aber bei ihrem letzten gemeinsamen Essen war Pascale aufgefallen, wie gut es ihm anscheinend ging. Er unternahm viel mehr als in all den Jahren zuvor, verabredete sich, aß in Restaurants zu Abend, spielte Tennis. Er sah jünger und gesünder aus als früher, und dass er abgenommen hatte, stand ihm äußerst gut. Es war sonderbar, ihn jetzt als Single zu betrachten, und dazu noch als einen attraktiven. Er wirkte tatsächlich jugendlicher als zu seiner Zeit mit Anne.

Pascale nannte ihm ihre Telefonnummer in Paris und sagte, dass sie zwei Tage vor Beginn ihrer Mietzeit nach St. Tropez reisen würde. Die Eigentümer hatten ihr mitgeteilt, dass sie schon früher in das Haus könnte, um alles vorzubereiten. Es sei schließlich während der letzten zwei Jahre nicht genutzt worden.

»Bis ihr eintrefft, habe ich alles in Ordnung gebracht.« John und die Morrisons würden am 1. August anreisen, und Robert beabsichtigte, gemeinsam mit Mandy zwei Tage später rüberzufliegen.

»Ruf mich an, wenn du etwas brauchst«, verabschiedete

er sich rasch, um ins Gericht zurückzueilen – und bevor Pascale ihm auf den Zahn fühlen konnte, wen er mitbringen wollte.

Wenige Minuten später rief Pascale Diana an, um ihr zu sagen, dass Robert mitkäme. Diana freute sich, dennoch fand Pascale, dass sie wieder recht abgelenkt und angespannt wirkte. »Stimmt etwas nicht?«, fragte sie deshalb, um der Sache endlich auf den Grund zu gehen.

Diana zögerte, versicherte aber, dass alles bestens sei. Daraufhin erzählte Pascale ihr, dass Robert vielleicht jemanden nach St. Tropez mitbringen wolle.

»Wer kann das sein?«, fragte Diana erstaunt.

»Keine Ahnung. Ich habe mich nicht getraut, ihn zu fragen. Vielleicht einen Kollegen vom Gericht. Bestimmt ein Mann.«

»Hoffentlich nicht diese Schauspielerin.« Diana klang besorgt, aber sie stimmte mit Pascale überein, dass Gwen Thomas eigentlich nicht gemeint sein konnte. Robert und sie kannten sich ja kaum, und es wäre viel zu früh, um gemeinsam zu verreisen, geschweige denn nach Frankreich.

»Ich bin froh, dass Mandy ihn begleitet, das wird ihm guttun.« Den anderen wahrscheinlich weniger. Mandy war ein süßes Mädchen und sie liebte ihren Vater, aber mit ihrer Mutter hatte sie häufig Auseinandersetzungen gehabt, die nicht selten auch deren Freunde mit einbezogen. Und ein junges Mädchen in diesem Alter um sich zu haben, würde ohnehin nicht immer einfach sein.

»Eigentlich braucht er Mandy gar nicht«, erklärte Pascale pragmatisch, »er hat doch uns. Und sie kann ganz schön schwierig sein. Anne ist sie bisweilen mächtig auf die Nerven gegangen.« Anne hatte schwierige Jahre mit ihrer Tochter durchlebt, ihre Jungs waren dagegen viel unproblematischer gewesen.

»Stimmt schon, aber da war sie noch jünger, und es ist ja auch nur für fünf Tage. Wenn es ihn doch glücklich macht? Ich bin jedenfalls froh, dass er zugesagt hat«, erklärte Diana großzügig.

»Ich auch.« Pascale gab sich zufrieden. Immerhin hatte es fünf Monate gedauert, ihn zu überreden. Nur noch sechs Wochen, dann würden sie alle zusammen in Frankreich sein. Wie sehr sie sich darauf freute!

»Ruf mich an, nachdem du das Haus gesehen hast.« Darauf bestand Diana, und Pascale versprach es. »Jede Wette, dass es ein Hammer ist«, schwärmte sie begeistert, und Pascale lachte. Sie machte sich immer noch Sorgen um Diana und hoffte, dass sie keine gesundheitlichen Probleme hatte. Seit Annes Tod war sie in dieser Hinsicht ängstlich geworden. Aber was auch immer Diana in letzter Zeit zugesetzt hatte, in Frankreich fänden sie sicher Gelegenheit, darüber zu sprechen.

»Wenn es das nicht ist, lyncht mich John. Er jammert immer noch über den Preis«, fügte Pascale lachend hinzu.

»Es wird jeden Penny wert sein. Außerdem jammert er nur, um seinem Image gerecht zu werden.«

Pascale schwelgte wie immer darin, wieder in ihrer Heimat zu sein: alte Freunde zu treffen, ihre Lieblingsrestaurants und –geschäfte aufzusuchen. Sie verbrachte einen ganzen Nachmittag im Louvre, schaute sich die neuen Exponate an, und stöberte in Antiquitätenläden am linken Seineufer. Sie ging ins Theater und verbrachte ein paar ruhige Abende mit Mutter, Großmutter und Tante. Bei diesen Besuchen lud sie alljährlich ihre Batterien wieder auf. Zum ersten Mal fand sie jedoch, dass ihre Mutter gesundheitlich längst nicht so gut auf dem Damm war wie sonst. Und genau, wie John immer behauptete, beschwerte sich Pascales Mutter in einem fort über ihn. Er sei zu klein, zu fett, arbeite nicht genug, verdiene zu wenig, kleide sich wie ein Amerikaner, und habe sich nie bemüht, Französisch zu lernen. Pascale war es gewohnt, die beiden jeweils zu verteidigen und schaltete auf taub, während ihre Mutter ihren Mann systematisch zerpflückte. Als sie später mit John telefonierte, sagte sie ihm nichts davon. Das hielt ihn jedoch nicht davon ab, ein paar spitze Bemerkungen über seine Schwiegermutter loszulassen. Pascales Tante schwieg zu all dem. Da sie stocktaub war, hörte sie nämlich gar nicht, was ihre Schwester über John sagte, und außerdem hatte sie ihn immer sympathisch gefunden. Sie bedauerte lediglich, dass die beiden keine Kinder bekommen hatten, aber Pascale schien ja mit diesem Thema ihren Frieden geschlossen zu haben. Pascales Großmutter schlief die meiste Zeit und hatte noch nie etwas an John auszusetzen gehabt.

Wenn sie zu Hause bei ihrer Familie war, schien Pascale von Tag zu Tag französischer zu werden. Ihr Englisch wurde spröde, und wenn sie mit John telefonierte, fielen ihr vertraute Vokabeln plötzlich nicht mehr ein. Ihr Akzent wurde stärker, und sie deckte sich mit französischen Romanen ein, die sie bis tief in die Nacht las. Sie aß all ihre Lieblingsgerichte und rauchte Gauloises. Jede Bewegung, jede

Geste, jeder Ausdruck und jedes Wort wurden unverkennbar französisch.

Als sie Ende Juli nach Südfrankreich aufbrach, war sie bereits erholt und fühlte sich großartig. Sie hatte trotz der ausgiebigen Dinner mit Käse und ihren geliebten Süßspeisen ein paar Pfund abgenommen. Die regelmäßigen Fußmärsche durch ganz Paris hatten ihr so gutgetan, dass sie besser aussah denn je.

Am Tag vor ihrer Abreise nach St. Tropez brachen ihre Mutter und ihre Tante wie jeden Sommer nach Italien auf. Nur die Großmutter blieb in Paris. Bevor sie ging, informierte Pascale noch kurz die Krankenschwester ihrer Großmutter, wie sie im Notfall zu erreichen sei. Dann verließ sie leise das Apartment.

Die Maschine nach Nizza war bis auf den letzten Platz ausgebucht: Pärchen und Familien mit Kindern, die Berge von Gepäck, Einkaufstüten voller Delikatessen aus dem Dutyfree Shop, Sonnenhüte und was immer man im Urlaub brauchte mitschleppten. Trotz des beengten Raums schienen alle bester Laune zu sein. Wie die meisten Franzosen hatten viele der Fluggäste einen ganzen Monat Urlaub vor sich und wollten diesen in Südfrankreich verbringen. Viele von ihnen nahmen ihre Hunde mit in die Ferien. Niemand – mit Ausnahme der Engländer – liebt seine Hunde so wie die Franzosen. Nur mit dem Unterschied, dass die Engländer ihre Hunde auch wie Hunde behandeln. Die Franzosen nehmen sie mit ins Restaurant, füttern sie am Tisch, tragen sie in Taschen herum und frisieren sie. Die kleineren Hunde, die mit in den Passagierraum durften, kläfften sich unablässig an und trieben etliche Reisende fast in den

Wahnsinn. Nicht so Pascale, sie schaute entspannt aus dem Fenster und freute sich darauf, wie viel Spaß sie alle zusammen in St.Tropez haben würden. Als Kind hatte sie ein paar Mal die Ferien in St. Jean Cap-Ferrat und in Antibes verbracht. Von Nizza aus würde sie mindestens zwei Stunden mit dem Auto brauchen – vorausgesetzt, es herrschte nicht viel Verkehr. Am einfachsten wäre es gewesen, den Rest der Reise mit dem Boot zurückzulegen.

Nachdem sie auf dem Flughafen von Nizza gelandet waren, holte Pascale ihr Gepäck ab. Sie hatte sich in Paris ein paar neue Sachen für den Strand gekauft, sodass zu den beiden Koffern, die sie aus den Staaten mitgebracht hatte, noch ein dritter hinzugekommen war. Sie hoffte, einen Gepäckträger zu finden, der ihr behilflich war. Wenn John jetzt da wäre, müsste sie mindestens zwei Taschen schleppen, während er jammernd den Rest übernahm. Sie hatte einen großen Hermès-Kleidersack über dem einen Arm und eine geflochtene Strandtasche über dem anderen. Zum Glück übernahm es eine Servicekraft, alles im Kofferraum und auf dem Rücksitz ihres gemieteten Peugeots zu verstauen. Eine halbe Stunde, nachdem sie gelandet war, befand sich Pascale bereits auf dem Weg nach St. Tropez.

Wie um diese Jahreszeit zu erwarten, war die berühmte Küstenstraße überfüllt. Es gab jede Menge Kabrios mit attraktiven Männern und hübschen Frauen.

Als Pascale St. Tropez erreichte, war es schon fast sechs Uhr abends. Gemäß ihrer Wegbeschreibung wechselte sie von der D98 auf die N98, dann auf die D25 und folgte der Route des Plages. Zwanzig Minuten später hatte sie die

Adresse immer noch nicht gefunden und fragte sich, ob sie falsch gefahren war. Sie bekam allmählich Hunger, wollte aber ihr Gepäck erst im Haus abstellen, bevor sie sich nach einem Restaurant umsah. Lebensmittel wollte sie am nächsten Tag einkaufen. Sie passierte zwei verwitterte Steinsäulen, zwischen denen ein verrostetes Eisentor hing. Pascale lächelte bei dem Gedanken, wie viel Charme diese Region doch besaß. Zügig steuerte sie an dem Tor vorbei und fuhr weiter. Aber als sie kurz darauf erneut die Hausnummern studierte, kam sie zu dem Schluss, bereits zu weit gefahren zu sein. Sie kehrte um – und fuhr wieder dran vorbei. Noch eine Kehrtwende, und jetzt schlich sie die Straße förmlich entlang. Irgendwo hier musste dieses Haus sein, und die Zufahrt war entweder versteckt gelegen oder bewusst unscheinbar gehalten. Sie hielt an und sah sich um. Sie stand jetzt mehr oder weniger direkt vor den verwitterten Steinsäulen. Und als sie genauer hinschaute, erspähte sie ein kleines, verschmutztes Schild, das an einem rostigen Nagel baumelte. Aber das konnte nur ein Irrtum sein! Doch dann entdeckte sie auf dem verrosteten Eisentor die richtige Hausnummer, und auf dem Schild stand *Coup de Foudre,* was wörtlich übersetzt »Blitzeinschlag« heißt, im poetischen Sinne jedoch »Liebe auf den ersten Blick« bedeutet.

Die enge, gewundene Zufahrt war von ungepflegten Sträuchern gesäumt, deren überhängende Äste am Wagen entlangkratzten. Pascale wurde ein wenig beklommen zumute. So hatte sie sich das Ganze aber nicht vorgestellt, schon gar nicht nach dem Foto in dem Prospekt. Teilweise war das Unkraut auf der Zufahrt so hoch, dass sie Slalom fahren musste. Als sie die letzte Biegung hinter sich gebracht und das Haus in voller Größe vor sich hatte, trat sie auf die Bremse und brachte den Wagen abrupt zum Stehen. Wie auf den Fotos war das Haus tatsächlich eine weitläufige, große Villa mit hübschen Verandatüren und Efeu bewachsenen Mauern – allerdings mussten die Fotos vor etwa 50 Jahren aufgenommen worden sein. Und seitdem war das Haus anscheinend unbewohnt und dem Verfall überlassen.

Das Unkraut auf dem Rasen vor dem Haus war fast hüfthoch. Hier und da verstreut lagen die verrotteten Reste der Gartenmöbel, und ein zerschlissener Sonnenschirm steckte an einem verrosteten Eisentisch, der aussah, als müsse man sich erst eine Tetanusspritze geben lassen, bevor man dort aß. Die Szenerie sah aus wie in einem Horrorfilm, und Pascale dachte eine endlose Sekunde lang, dass es sich nur um einen Scherz handeln konnte. Aber das war es zweifellos nicht. Das hier war ihr Haus, das sie für den Sommer gemietet hatten. Und zumindest was Pascale anging, war es keine »Liebe auf den ersten Blick«, sondern wohl eher der buchstäbliche »Blitzeinschlag«.

»Merde«, murmelte sie und wagte kaum, den Wagen zu verlassen. Sie konnte nur hoffen, dass die Fotos von den Innenräumen mehr der Realität entsprachen. Aber das war wohl eher unwahrscheinlich. Sie stieg aus, trat in ein Loch und stolperte. Der Weg zum Haus war voller Schlaglöcher. Hier und da wuchsen ein paar Wildblumen. Die gepflegten Blumenbeete, die auf den Fotos zu sehen waren, mussten schon seit Jahren verschwunden sein. Ihr fiel ein, dass sie vielleicht hupen sollte. Schließlich hatte sie ihre Ankunft extra schriftlich mitgeteilt und wurde sicher von den bei-

den Dienstboten erwartet. Aber auch auf mehrfaches Hupen erfolgte keine Reaktion. Also arbeitete sich Pascale vorsichtig bis zum Haupteingang vor.

Sie entdeckte eine Klingel und drückte ein paar Mal darauf, aber alles blieb ruhig. Das Einzige, was sie hörte, war das Kläffen von Hunden, und dem Lärm nach musste es eine ganze Meute sein. Es dauerte bestimmt fünf Minuten, bis sich drinnen im Haus etwas tat. Schließlich ging die Tür auf – und Pascale sah nichts als einen fusseligen Krauskopf, dessen blondierte Haare in alle Richtungen abstanden. Er hatte was von einer Perücke in einem psychedelischen Film der 1960er Jahre. Das darunter verborgene Gesicht war klein und rund. Pascale erinnerte sich, dass der Name der Frau Agathe war. Sie sprach die Frau zögernd damit an, bemüht, nicht allzu auffällig diese Haare anzustarren.

»Oui, c'est moi«, bestätigte die Blondine. Sie hatte ein Trägertop an, aus dem ihre Brüste hervorquollen. Darunter trug sie einen ausladenden Bauch und die knappsten Shorts, die Pascale je gesehen hatte. Der ganze Körper der Frau war geformt wie ein Ballon, ohne erkennbare Taille. Sie schien nur aus Bauch und Brüsten zu bestehen, und ihre einzige Rettung war, dass sie schöne Beine hatte und – zu Pascales größtem Verdruss – Stilettos mit 15 Zentimeter hohen Absätzen trug. Sie blinzelte Pascale gelangweilt an, eine filterlose Gauloise zwischen die Lippen geklemmt. Der Rauch stieg langsam in Form einer dünnen grauen Säule nach oben und zwang sie, ein Auge zu schließen. Um ihre Füße herum tollten drei wie verrückt kläffende Hunde. Perfekt getrimmte weiße Pudel. Im Unterschied zu ihrer Besitzerin sahen sie aus, als kämen sie frisch vom Fri-

seur, und jeden von ihnen zierte eine winzige rosa Schleife. Pascale starrte die Frau wie gebannt an. Sie schätzte sie auf etwa Ende vierzig, obwohl die Haut ihres rundlichen Gesichts erstaunlich glatt und straff wirkte.

Pascale stellte sich vor, während einer der Pudel gerade versuchte, sie in den Knöchel zu zwicken, und ein anderer ihren Schuh attackierte. Agathe machte jedoch keinerlei Anstalten, die Hunde zur Ordnung zu rufen.

»Die tun nichts«, versicherte sie lediglich, trat einen Schritt zur Seite und gab den Blick auf das Wohnzimmer frei. Es sah aus wie der Set von *Frankensteins Braut*. Die Möbel waren alt und ramponiert und die vermeintlich eleganten Perserteppiche fadenscheinig. Man konnte sogar Spinnweben erkennen, die von der Decke und dem Kronleuchter hingen. Einen Moment lang war Pascale sprachlos. Ungläubig starrte sie die Frau an.

»Ist das hier das Haus, das wir gemietet haben?«, fragte Pascale mit einer Stimme, die kaum mehr als ein Krächzen war. Sie betete innerlich, dass die Frau verneinen und ihr sagen möge, das Ferienhaus läge ein Stück weiter die Straße hinauf. Aber Agathe nickte nur, und Pascale rutschte das Herz in die Hose. Mittlerweile tobte sich der dritte Hund nach Herzenslust an ihrem anderen Schuh aus. Zumindest dieser Pudel hatte wohl seine »Liebe auf den ersten Blick« gefunden.

»Es war eine Weile unbewohnt«, erklärte Agathe unbekümmert. »Morgen früh, bei Sonnenschein, sieht es ganz anders aus.« Dafür wäre einiges mehr nötig als nur Sonnenschein, dachte Pascale. Sie hatte nie zuvor etwas derart Trostloses gesehen. Das Einzige, was sie von den Fotos wieder erkannte, waren der Kamin und die Aussicht. Beides war außergewöhnlich hübsch – aber der Rest ein einziges Desaster. Pascale war ratlos. In zwei Tagen würden die anderen eintreffen. Im Grunde konnte sie nur die Maklerin anrufen und das Geld zurückverlangen. Und dann? Wo sollten sie wohnen? Zu dieser Jahreszeit waren die Hotels restlos ausgebucht. Und sie konnten wohl kaum zu ihrer Mutter nach Italien fahren, um dort unterzuschlüpfen. Sie überlegte angestrengt, und die Frau mit der blonden Afromähne belustigte das offenbar.

»Das Gleiche ist letztes Jahr Leuten aus Texas passiert.«

»Und was haben die gemacht?«

»Die Maklerin und den Eigentümer verklagt und eine Yacht gechartert.« Zumindest eine Idee.

»Könnte ich den Rest sehen?«, fragte Pascale kraftlos. Agathe nickte und klapperte mit ihren hohen Absätzen voran durchs Wohnzimmer. Die Hunde hatten sich mittlerweile an Pascale gewöhnt und das Interesse an ihr verloren. Statt sie zu attackieren, liefen sie ihr jetzt nur noch um die Beine und kläfften unablässig. Agathe scheuchte sie weg, wovon die kleinen Biester sich jedoch nicht sonderlich beeindruckt zeigten.

Das Haus erwies sich als genauso groß wie auf den Fotos, aber kein einziges der dort abgebildeten Möbelstücke war zu entdecken. Das Esszimmer war ein länglicher, kahler Raum, bestückt mit einem alten Speisesaaltisch und fleckigen Segeltuchstühlen. Der Kerzenleuchter an der Decke darüber hing sprichwörtlich nur noch an einem seidenen Faden. Überall auf den Tisch war Kerzenwachs getropft, und niemand hatte sich die Mühe gemacht, es zu entfernen

– anscheinend seit Jahren nicht. Beim Anblick der Küche wurde es Pascale beinahe übel, und sie stöhnte leise auf. Der Raum war so verdreckt, dass man ihn höchstens noch mit einem Feuerwehrschlauch hätte abspritzen können. Der Geruch von abgestandenem Essen hing in der Luft und alles klebte vor Fettschmiere. Offenkundig verschwendete Agathe ihre Zeit nicht damit, das Haus sauber zu halten.

Die Schlafzimmer waren dagegen beinahe ein Lichtblick. Die Räume waren schlicht und luftig, fast ganz in Weiß gehalten – abgesehen von den schmuddeligen, geblümten Bettvorlegern. Von den Fenstern dieser Räume aus hatte man eine fantastische Aussicht auf das Meer, die wahrscheinlich jeden davon ablenkte, wie karg und armselig auch diese Zimmer möbliert waren. Doch wenn Agathe gründlich sauber machte, und man ein paar frische Blumen in die Zimmer stellte, war es zumindest vage vorstellbar, hier eine Nacht zu verbringen. Das Hauptschlafzimmer war am schönsten, aber die anderen Schlafräume waren auch passabel.

»Gefallen Ihnen die Räume?«, fragte Agathe. Pascale zögerte. Wenn sie hier blieben – was sie stark bezweifelte – wäre jede Menge Arbeit nötig. Aber so verwöhnt wie ihre Freunde waren, konnte sie sich nicht vorstellen, dass sie blieben. Diana hatte gern alles perfekt und picobello sauber. Eric war da nicht anders. Und weder Robert noch John würden angesichts des Mietpreises ein derartiges Desaster akzeptieren. Ihr war nur schleierhaft, wo sie sonst hinsollten. Aber sie weigerte sich, den Traum von einem ganzen Monat in St. Tropez so plötzlich aufzugeben. John würde ihr diese Geschichte bis in alle Ewigkeit vorhalten.

Ein Glück nur, dass es nicht ihre Mutter gewesen war, die dieses Haus vorgeschlagen hatte. Und die Maklerin würde sie sich selbst vorknöpfen. Vielleicht konnte die ihnen ja etwas anderes besorgen.

Ein Blick in die Badezimmer bestätigte Pascales schlimmste Befürchtungen. Die Sanitäreinrichtung war bestimmt ein halbes Jahrhundert alt – und der Dreck in den Bädern wahrscheinlich ebenso. Saubermachen war nun wirklich nicht Agathes Stärke. Es war eine Schande, ein solches Haus derart verkommen zu lassen! Verständlich, dass die Leute aus Texas den Eigentümer und die Maklerin verklagt hatten. Pascale überlegte bereits, das Gleiche zu tun. Sie war so wütend und enttäuscht, dass sie am liebsten laut geschrien hätte.

»C'est une honte« – es ist eine Schande –, sagte sie mit dem Blick der selbstbewussten Pariserin zu Agathe und hätte zu gern diese kläffenden Köter mit einem Fußtritt davongejagt. »Wann wurde hier zum letzten Mal sauber gemacht?«

»Erst heute Morgen, Madame«, antwortete Agathe gekränkt. Pascale schüttelte wütend den Kopf. Hier hatte seit Jahren niemand mehr geputzt. »Was ist mit dem Gärtner, Ihrem Mann? Kann er Ihnen nicht dabei helfen?«

»Marius macht keine Hausarbeit«, erklärte Agathe großspurig und richtete sich zu ihrer ganzen Größe auf. Aber trotz der Absätze überragte sie Pascale kaum. Dafür hatte sie sicherlich das Dreifache ihres Körperumfangs.

»Das wird er vielleicht müssen, wenn wir bleiben«, sagte Pascale mit drohender Stimme und blitzenden Augen, bevor sie hinuntermarschierte, um zu telefonieren. Es gab nur einen einzigen Apparat und der stand in der Küche. Er wirkte so schmierig, dass es Pascale Überwindung kostete, den Hörer abzuheben. Und als sich im Büro der Maklerin eine weibliche Stimme meldete, legte Pascale los: »Wie können Sie es wagen …« Sie drohte mit Klage wegen Betrugs und Körperverletzung und verlangte, das man ihnen ein anderes Haus oder Hotelsuiten besorgte. In einem Hotel zu wohnen wäre aber nicht so schön – ganz zu schweigen von den höheren Kosten. Beim Gedanken an John zuckte sie innerlich zusammen und ging erneut auf die Maklerin los. »Hier können wir auf keinen Fall bleiben. Das Haus ist unbewohnbar … verdreckt … ekelerregend … *déguelasse* … Haben Sie es sich überhaupt angesehen? Was haben Sie sich dabei gedacht? Hier ist seit 20 Jahren nicht mehr geputzt worden!« Agathe stampfte beleidigt mit ihrer Hundeschar davon. Pascale telefonierte ganze 30 Minuten mit der Maklerin. Die versprach, direkt am nächsten Morgen vorbeizukommen, um zu sehen, was man tun könne. Sie beteuerte jedoch, dass momentan in ganz St. Tropez nichts mehr frei sei. Und sie beharrte darauf, dass dieses Objekt tadellos sei und man lediglich einmal mit Staubsauger und Wischlappen durchgehen müsse. »Wollen Sie mich auf den Arm nehmen?«, schrie Pascale sie wütend an. »Hier hilft nur noch ein Abrisskommando! In zwei Tagen treffen meine amerikanischen Freunde ein, und mit Ihren Geschäftsmethoden bestätigen Sie in jeder Hinsicht, was man drüben über uns sagt: Uns diese Fotos zu schicken war Betrug, Sie haben uns das Geld aus der Tasche gezogen, und dieses Haus ist ein Schweinestall. Sie haben nicht nur mich, sondern Frankreich verraten«, endete sie pathetisch. Pascale hätte diese Maklerin lynchen können, und die hatte nichts Besseres zu tun, als hartnäckig zu behaupten, Pascales Freunde würden dieses Haus lieben, es sei wunderschön. »Das war es vielleicht irgendwann einmal, aber das muss verdammt lange her sein.«

»Ich schicke morgen eine Putzkolonne vorbei«, bemühte sich die Maklerin erfolglos, Pascale zu besänftigen.

»Sie werden persönlich morgen hier erscheinen, um sieben Uhr früh, mit einem Scheck über die Hälfte der Mietsumme, oder ich verklage Sie. Und bringen Sie Ihre Reinigungsleute direkt mit. Sie und ich werden die nächsten beiden Tage hier klar Schiff machen, und Ihre Putzkolonne sollte verdammt gut arbeiten.«

»Selbstverständlich«, antwortete die Maklerin mit einem Hauch Hochmut in der Stimme. Pascale kannte die Agentur in Paris, mit der die Maklerin zusammenarbeitete, und hatte gedroht, ihre Kontakte spielen zu lassen, wenn hier nicht innerhalb von 48 Stunden ein wahres Wunder vollbracht wurde. Sie hatte der Maklerin klargemacht, dass ihre Zusammenarbeit mit der Pariser Agentur dann genauso Schnee von gestern sei wie die Schönheit dieses Hauses. »Ich werde tun, was ich kann, um Ihnen behilflich zu sein.«

»Schaffen Sie ein ganzes Heer an Reinigungskräften her, Berge an Putzgeräten und literweise Reinigungsmittel.«

»Womit auch immer ich Ihnen zu Diensten sein kann«, versicherte die Maklerin schnippisch.

»Herzlichen Dank!«, zischte Pascale zwischen zusammengepressten Zähnen hindurch und knallte den Hörer auf. Diese Frau hatte bekommen, was sie verdiente. Wütend marschierte Pascale aus der Küche – und machte vor Schreck einen Satz. Vor ihr stand ein Riese von bestimmt zwei Metern. Der Mann sah furchterregend aus. Er war dünn, hatte lange Haare, einen langen Vollbart, trug einen Jeansoverall über nacktem Oberkörper und dazu Anzugschuhe. Pascale glaubte, einen Landstreicher gestellt zu haben, der ins Haus eingedrungen war. Aber dann wurde ihr klar, wen sie wahrscheinlich vor sich hatte. Der Mann trug einen der Pudel auf dem Arm und rückte liebevoll die rosa Schleife zurecht, worüber sich der Hund sofort kläffend beschwerte. Das musste Agathes Mann Marius sein. Als Pascale ihn fragte, verbeugte er sich.

»Zu Ihren Diensten, Madame. *Bienvenue.*« Willkommen? Wohl kaum. Pascale hätte ihn wegen des Zustands der Außenanlagen am liebsten in den Hintern getreten. Schließlich war er als Gärtner und Chauffeur angestellt.

»Sie haben viel Arbeit vor sich«, sagte Pascale geradeheraus. »Besitzen Sie einen Rasenmäher?« Er sah sie einen Moment lang verständnislos an, als hätte sie ihn nach einem obskuren und sehr seltenen Werkzeug gefragt.

»Ja, ich glaube schon.«

»Dann wünsche ich, dass Sie morgen früh um sechs Uhr damit beginnen, den Rasen zu mähen. Bei der großen Fläche werden Sie wohl den ganzen Tag brauchen.«

»Aber Madame … der romantische Charme …«

»Unkraut hat nichts Romantisches«, stellte Pascale klar und sah ihn fest an. »Der ganze Garten hat nichts von Romantik. Und der Rasen vor dem Haus ist eine Schande. Und sobald Sie damit fertig sind, gehen Sie uns hier drinnen zur Hand. Wir haben viel zu tun.« Sie sah, wie

Marius und Agathe, die zwischenzeitlich hinzugekommen war, einen Blick wechselten. Beide wirkten nicht gerade erfreut.

»Er hat Rückenprobleme«, erklärte Agathe, »und darf sich nicht überanstrengen. Arbeit ermüdet ihn schnell.« Der Mann war höchstens Mitte vierzig und wirkte eher faul als müde. Pascale hatte sogar den Eindruck, dass er entweder betrunken oder auf Drogen war: dämliches Grinsen, vernebelter Blick, und als er sich zum dritten Mal vor ihr verbeugte, schwankte er leicht. Aber das interessierte Pascale nicht im Geringsten. Wenn es sein musste, würde sie ihn mit Kaffee abfüllen. Er *musste* seine Arbeit erledigen. Momentan war niemand da, der es sonst tun konnte. Und nur der Himmel wusste, wie sich dieses »Reinigungsteam« der Maklerin zusammensetzte.

»Wir haben zwei Tage, bevor die anderen eintreffen«, sagte Pascale mit drohender Stimme. »Und dann *wird* dieses Haus tadellos sauber sein.« Kerzengerade aufgerichtet sah sie die beiden an und war jeder Zoll die strenge Ballettlehrerin und der Tyrann, der sie würde sein müssen. »Können Sie kochen?«, wandte sie sich an Agathe. Laut Prospekt war das ja der Fall.

»Ein bisschen«, antwortete Agathe achselzuckend und verteilte dabei Zigarettenasche auf ihrer Brust. Sie wischte sie sofort weg, damit sie nicht etwa den Pudel beschmutzte, den sie an sich presste. Der dritte Hund sprang auf dem Boden herum und kläffte, so laut er konnte. Pascale hatte mittlerweile fürchterliche Kopfschmerzen. Und als sie sich eine von Agathe zubereitete Mahlzeit vorstellte, entschied sie, dass es vielleicht ohnehin besser war, sich entweder selbst an den Herd zu stellen oder in St. Tropez essen zu gehen – falls John damit einverstanden war.

»Wünschen Sie, dass ich Ihr Gepäck reinhole?«, fragte Marius liebenswürdig und hauchte sie mit einer Weinfahne an. Am liebsten hätte sie geantwortet, dass sie sich ein Hotelzimmer nehmen würde. Aber vorausgesetzt, sie fände überhaupt eines, konnte sie sicher sein, dass in ihrer Abwesenheit niemand einen Finger krümmte. Die beiden hier brauchten ein wachsames Auge, eine strenge Hand und eine Dynamitstange, um in Gang zu kommen. Die Hunde einzuschläfern wäre sicher hilfreich gewesen. Aber die kleinen Biester waren noch das geringste ihrer Probleme, das wusste Pascale, während sie Marius den Autoschlüssel reichte.

Er beeilte sich mit ihrem Gepäck und war rasch wieder zurück. »Das Hauptschlafzimmer, Madame?«, fragte er und hielt in jeder Hand einen ihrer Koffer. In seiner Montur und mit dem strähnigen Haar sah er aus wie eine Karikatur, aber Pascale war nicht zum Lachen zumute.

»Ja, das wird gehen.« Sie konnte das Zimmer später immer noch den Morrisons überlassen. Marius brachte ihr Gepäck hinauf, und sie folgte ihm. Sobald sie allein war, ließ sie sich mit einem Seufzer der Verzweiflung in den einzigen Sessel fallen. Dessen Federn gaben so weit nach, dass sie fast mit dem Hinterteil den Boden berührte. Pascale saß einfach nur da und schaute aus dem Fenster. Die Aussicht war perfekt und das Haus ein Albtraum. Sollte sie lachen oder weinen? Einen Moment lang überlegte sie, Diana anzurufen. Aber was sollte sie ihr sagen? Sie fand es schrecklich, Diana, Eric und Robert zu enttäuschen. Und wie John reagieren würde, darüber dachte sie lieber erst gar nicht nach. Sie hoffte nur, dass er nicht anrief. Er würde ihrer Stimme sofort anhören, dass etwas nicht stimmte. Zum Glück hatte er vor einem Urlaub immer wahnsinnig viel zu tun. Ihr blieb jetzt nichts anderes übrig, als zu retten, was zu retten war, und dieses Haus einigermaßen in Schuss zu bringen. Während die Sonne hinter dem Meer verschwand, legte Pascale den Kopf an die Lehne des alten Sessels. Sie war erschöpft, hatte entsetzliche Kopfschmerzen und würde während der nächsten zwei Tage ein Wunder vollbringen müssen. Was für ein albtraumhafter Beginn ihres vierwöchigen Urlaubs in St. Tropez. Aber so schnell gab Pascale nicht auf. Ganz gleich wie – sie würde dafür sorgen, dass es klappte.

6

Pascale hatte ihren Wecker auf halb sechs gestellt. Als er klingelte, sprang sie sofort aus dem Bett, schlüpfte in Jeans und T-Shirt und lief hinunter in die Küche. Vielleicht hatte sie ja Glück und konnte sich eine Tasse Kaffee zubereiten. Und tatsächlich, in einer Kaffeedose entdeckte sie einen Rest Kaffeemehl, über dessen Alter sie lieber nicht nachdenken wollte, der aber für einige Tassen reichte. Seufzend ließ sie sich auf einen Küchenstuhl sinken und zündete sich eine Zigarette an. Sie dachte gerade darüber nach, ob sie die fleißigen Angestellten wohl würde wecken müssen, als einer der Pudel in die Küche gestürmt kam und sie laut anbellte. Zwei Sekunden später erschien tatsächlich Agathe auf der Bildfläche. Über einem roten Bikini trug sie eine Schürze, aus der ihr üppiger Körper rechts und links herausquoll.

»In diesem Aufzug wollen Sie arbeiten?«, fragte Pascale verdattert. Aber eigentlich konnte sie nichts mehr überraschen. Agathe hatte einen Lippenstift aufgelegt, der farblich zum Bikini passte, und ihre Stilettos waren noch ein paar Zentimeter höher als die vom Tag zuvor. Die Pudel wuselten schon wieder um ihre Füße, und natürlich fielen die beiden anderen in das Gekläff des ersten mit ein, sobald sie Pascale entdeckt hatten.

»Ob es wohl möglich ist, dass wir die Hunde irgendwo unterbringen, solange wir hier herumwirbeln?«, fragte Pascale und goss sich eine zweite Tasse Kaffee ein. Ihr wurde bewusst, dass sie seit dem Mittag des vergangenen Tages nichts mehr gegessen hatte. Sie hätte inzwischen viel für ein einfaches Croissant gegeben, selbst wenn es schon trocken gewesen wäre, aber in diese Küche schien schon lange niemand mehr irgendwelche Nahrungsmittel getragen zu haben. Und im Moment hatte sie keine Zeit, einkaufen zu fahren. Sie wollte unbedingt mit Marius' und Agathes Hilfe loslegen – schließlich war Agathe zur vereinbarten Zeit aufgetaucht, und das war doch schon mal ein hoffnungsvoller Beginn.

Marius tauchte fünf Minuten später auf. Er sagte, er habe einen Rasenmäher gefunden, der allerdings einen ziemlich alterschwachen Eindruck mache.

Pascale nahm ihn in Augenschein und stellte erleichtert fest, dass er zumindest einen Motor besaß. Sie forderte Marius auf, unvermittelt mit dem Mähen zu beginnen und nicht eher wieder aufzuhören, bis alle Rasenflächen sorgsam gestutzt worden waren.

»Alle?« Marius machte ein erstauntes Gesicht, aber Pascale nickte nachdrücklich – wohl wissend, dass ihn diese Arbeit stundenlang beschäftigen würde.

Agathe hatte die Hunde inzwischen in ihrem Zimmer hinter der Küche eingesperrt. Nun erschien sie mit Putzlappen, Reinigungsmittel und Staubwedel. Mit letzterem fuchtelte sie wie mit einem Zauberstab durch die Luft. Pascale konnte es nicht mit ansehen. Sie nahm Agathe den Wedel fort, drückte ihr stattdessen die Putztücher und ein

Scheuermittel in die Hand und trug ihr auf, eine gründliche Reinigung der Küche zu beginnen. Sie selbst wollte sich das Wohnzimmer vornehmen.

Als Erstes rollte sie die Teppiche auf und verbannte sie in einen Wandschrank. Der Boden war ohne die zerschlissenen Fetzen eindeutig ansehnlicher. Dann schlug sie die Sofakissen und die Vorhänge aus und saugte jede Ecke des Raumes gründlich. Sie hatte ob all des Staubes schier das Gefühl zu ersticken, doch immerhin zeigten ihre Bemühungen Erfolg. Pascale polierte die Tische und machte sich, wie sie es von ihrer Großmutter gelernt hatte, mit Wasser und Zeitungspapier über die Fensterscheiben her. Zum Schluss bohnerte sie den Holzfußboden. Der Raum sah zwar immer noch nicht so aus wie auf den Fotos, aber Pascale hatte zumindest das Gefühl, sich darin aufhalten zu können, ohne Herpes zu bekommen.

Schließlich traf die Maklerin ein – samt ihrer »Putztruppe«, die aus einigen unwillig und gelangweilt dreinschauenden Jugendlichen bestand.

Pascale führte erneut eine hitzige Diskussion mit der Maklerin, die sich schließlich darauf einließ, ihr die Hälfte des Mietpreises zurückzuerstatten. John wird sich freuen, dachte Pascale. Aber er und die anderen würden sich vermutlich noch mehr freuen, wenn es ihr gelang, das Haus halbwegs bewohnbar zu machen. Da hatte sie eine Idee.

Sie ging nach oben ins Schlafzimmer und holte einige hübsche farbige Pareos aus ihrem Koffer, die sie eigentlich für den Strand mitgenommen hatte. Pascale drapierte die Tücher nun im Wohnzimmer über den abgehalfterten Sitzmöbeln und sah sich dann aufatmend um. Der Raum sah eindeutig bewohnbar aus. Die Fenster waren sauber, sämtliche Spinnweben beseitigt, der Holzboden hatte die warme Farbe von Honig und die Sofas und Sessel sahen einladend aus. Nun musste Pascale nur noch Blumen und einige Kerzen auftreiben.

Die jungen Leute hatten sich inzwischen widerwillig, aber effektvoll in der Küche zu schaffen gemacht, sodass Pascale Agathe damit beauftragen konnte, sich den Badezimmern zu widmen. Sie sollte nicht mit dem Schrubben aufhören, ehe sie die Bäder auf Hochglanz gebracht hatte.

Marius war immer noch mit Rasenmähen beschäftigt, obwohl es mittlerweile schon recht heiß geworden war. Seine Bemühungen zeigten jedoch Erfolg – auch rings um das Haus sah es schon viel ansprechender aus. Die Wildblumen, die am Rande der Rasenflächen wuchsen, hatte Marius stehen gelassen, und sie verliehen dem Garten einen bäuerlichen Charme. Pascale bat Marius, nach dem Mähen all die verwitterten, kaputten Gartenmöbel zu entfernen.

Es war schon Abend, als sie alle miteinander die Aufräum- und Putzarbeiten im Erdgeschoss erfolgreich beendet hatten. Die Maklerin warf Pascale einen triumphierenden Blick zu. Das Ganze sah natürlich längst nicht so aus wie auf den Fotos, aber es war doch eine verdammt große Verbesserung zu dem, was Pascale am Tag zuvor vorgefunden hatte. Die Küche wirkte immer noch sehr dunkel und der Herd war hoffnungslos überaltert, aber immerhin war alles sauber und benutzbar.

Pascale war unglaublich müde – immerhin hatte sie vierzehn Stunden unablässig gearbeitet. Aber es war den Einsatz wert gewesen. Die anderen würden beim Anblick des Hauses sicherlich die Stirn runzeln, aber sie würden nicht gleich schreiend aus der Tür laufen.

Die Maklerin hatte Käse, Obst und süßes Gebäck mitgebracht, und Pascale hatte sich im Laufe des Tages immer mal wieder etwas in den Mund gesteckt. Aber eine richtige Mahlzeit hatte sie nicht zu sich genommen. Doch das war ihr gleichgültig. Alles, was sie wollte, war, das Haus herzurichten, bevor die anderen eintrafen. Die Maklerin versprach, am nächsten Tag mit der Putztruppe wiederzukommen. Auch Marius hatte mit den Grünflächen rund ums Haus noch genug zu tun.

Agathe sah sogar noch wilder aus als am Morgen. Der rote Bikini war ausgeleiert, die Stilettos hatte sie längst abgestreift, und ihre Haare sahen aus, als hätte sie den Finger in die Steckdose gesteckt.

Pascale hockte auf einem Küchenstuhl und starrte vor Müdigkeit mit leerem Blick vor sich hin. Da klingelte ihr Handy. Sie bekam einen Schreck und drückte nur zögernd die grüne Taste. Es war John. Er rief vom Büro aus an und klang fröhlich und aufgeregt. Schließlich hatte er seine Frau seit gut vier Wochen nicht gesehen und freute sich riesig, in zwei Tagen wieder mit ihr zusammen zu sein.

»Na, wie ist das Haus? Bestimmt wunderschön, oder?«, fragte er mit enthusiastischer Stimme. Pascale schloss die Augen und überlegte verzweifelt, was sie sagen sollte.

»Nun ja, es sieht ein bisschen anders auf als auf den Bildern«, erwiderte sie schließlich und fragte sich bang, was ihr Mann wohl sagen würde, wenn er feststellte, wie sehr sie mit diesen Worten untertrieben hatte.

»Wahrscheinlich ist es noch schöner, nicht wahr?«, fragte John, und seine Vorfreude war nicht zu überhören. Pascale lachte hysterisch auf und schüttelte den Kopf – was er zum Glück nicht sehen konnte. Oh, sie war so müde, dass sie kaum noch imstande war, klar zu denken!

»Nicht unbedingt schöner – es ist eben anders. Ein bisschen ... nun ja, unkonventioneller.«

»Hört sich großartig an.« *Großartig* wäre nicht gerade das Wort gewesen, mit dem Pascale das Haus spontan beschrieben hätte ...

»Hast du die anderen schon angerufen?«, wollte John wissen.

»Nein, ich hatte zu viel zu tun«, erwiderte sie mit matter Stimme, und John lachte über ihre Worte.

»Was denn? Am Strand rumliegen?« Er stellte sich vor, wie sie die ersten Stunden am Mittelmeer genossen hatte – mit schwimmen und sonnenbaden. Er wäre im Traum nicht auf die Idee gekommen, dass sie stattdessen »in Dreck gebadet hatte«.

»Nein, ich war damit beschäftigt, hier im Haus alles herzurichten.«

»Warum erholst du dich nicht einfach schon ein bisschen?«

Tja, das hätte ich gern getan, dachte Pascale mit einem zynischen Lächeln. Aber dann würdest du bei deiner Ankunft hier in Ohnmacht fallen!

»Vielleicht morgen«, sagte sie vage und gähnte verstohlen.

»Nun, dann bis ganz bald«.

»Ich kann es kaum erwarten, dich hier zu sehen«, sagte Pascale und musste lächeln, als sie sich vorstellte, wie John in dieser heruntergekommenen Küche sitzen würde. Sie hob den Blick und entdeckte über dem Herd einen Fettfleck, den offenbar alle übersehen hatten.

»Geh jetzt schlafen, damit du nicht so übermüdet bist, wenn wir kommen«, mahnte John.

»Keine Sorge, das mache ich. Ich wünsche dir eine gute Reise.«

Nachdem sie das Gespräch beendet hatten, stand Pascale mühsam auf, löschte das Licht und ging nach oben ins Schlafzimmer. Sie hatte Agathe gebeten, die Bettwäsche zu wechseln, denn die Bezüge, die sich auf den Bettdecken befunden hatten, waren grau und ausgefranst gewesen. Und tatsächlich hatten sie im Schrank für jedes Bett eine Garnitur Bettwäsche gefunden, die sogar halbwegs neu und unbenutzt aussah. Auch die Handtücher machten den Eindruck, als seien sie schon lange im Gebrauch, doch mittlerweile waren sie wenigstens sauber, und da sie draußen getrocknet waren, dufteten sie nach Sonne.

Pascale fiel in tiefen Schlaf, sobald ihr Kopf das Kissen berührt hatte, und sie wachte erst am nächsten Morgen wieder auf. Da sich die Rollos nicht bewegen ließen und auch die Fensterläden kaputt waren, strahlte das helle Sonnenlicht zum Fenster herein und weckte Pascale.

Sie arbeitete vom Morgen bis zum Abend genauso hart wie am Tag zuvor. Die Leute, die die Maklerin angeschleppt hatte, hatten schon längst keine Lust mehr, etwas zu tun und murrten unablässig vor sich hin, aber Pascale schaffte es, sie bis zum Nachmittag auf Trab zu halten.

Zwischendurch trat sie vor das Haus, um zu sehen, wie Marius voran kam. Die Rasenflächen sahen mittlerweile makellos aus, und auch die kaputten Gartenmöbel hatte Marius inzwischen fortgebracht. Die übriggebliebenen Liegen und Tische waren noch ganz brauchbar, obwohl sie dringend eines neuen Anstrichs bedurft hätten. Pascale fragte sich, ob Marius das wohl auch noch rechtzeitig hinbekommen würde, und machte sich auf die Suche nach ihm.

Sie fand ihn in seinem Zimmer, wo er selig vor sich hin schnarchend auf dem Bett lag – umringt von den drei Pudeln und drei leeren Bierflaschen. Von ihm konnte Pascale heute offenbar keinen Einsatz mehr erwarten. Und auch Agathe verweigerte vor Erschöpfung jede weitere Mitarbeit.

Um siebzehn Uhr fuhr Pascale zum Einkaufen ins Zentrum von St. Tropez und kehrte mit einem vollbeladenen Auto zurück. Sie hatte Kerzen und Blumen und große schlichte Vasen erstanden, ein paar Dekorationsgestecke aus Trockenblumen, weitere farbige Tücher für die Sofas und drei Eimer weiße Farbe, mit der Marius die Gartenmöbel streichen sollte – wenn auch erst am nächsten Tag.

Als sie gegen einundzwanzig Uhr wieder die Einfahrt zum Haus hochfuhr, hätte der Unterschied zu ihrer ersten Ankunft zwei Tage zuvor nicht größer sein können. Der Garten machte jetzt einen äußerst gepflegten Eindruck und im Haus blitzte und blinkte es in jeder Ecke. Zufrieden verteilte Pascale die Blumen in den Räumen und legte einige Zeitschriften in Griffweite von den Sofas. Für die Bäder hatte sie wunderbar duftende französische Seifen gekauft und einen großen Stapel Handtücher.

Sie konnte mit ihrem Werk wirklich zufrieden sein – es war

zwar keine »Liebe auf den ersten Blick« gewesen, aber jetzt empfand sie durchaus Sympathie für das Haus.

Trotzdem vermochte sie sich nicht vorzustellen, was die anderen wohl sagen würden, wenn sie es sahen. Sie selbst kannte ja den Unterschied zwischen Vorher und Nachher, aber ihre Freunde und John würden vermutlich dennoch entsetzt reagieren, weil sie es sich so anders vorgestellt hatten. Hoffentlich sind sie nicht sauer auf mich!, dachte Pascale unsicher. Aber wie hätte sie denn anders mit der Situation umgehen sollen? Und um einen Anstreicher und Dekorateur mit der Renovierung zu beauftragen, hatte einfach die Zeit gefehlt.

An jenem Abend traute sie sich endlich, am Anleger einen Blick auf das Boot zu werfen. Ob es überhaupt seetüchtig war? Es sah so aus, als habe man es seit Jahren nicht von der Stelle bewegt, und die Segel waren nichts anderes als fleckige Lumpen. Aber wenn es auch nur eine geringe Chance gab, das Boot seetüchtig zu machen, dann würde es Robert und Eric gelingen, das wusste Pascale.

Auch in dieser Nacht sank sie wieder völlig erschöpft ins Bett, jedoch mit dem befriedigenden Gefühl, etwas Großartiges vollbracht zu haben. Was für ein Glück, dass sie einige Tage vor den anderen angereist war! Pascale war sich sicher, dass sie sonst nie im Leben hier geblieben wären. Aber so, wie sich das Anwesen jetzt präsentierte, hatte Pascale die Hoffnung, dass sich die anderen damit anfreunden konnten. Hoffentlich! Sie hatte sich doch so auf die Zeit in St. Tropez gefreut ...

Sie schlief wie ein Stein und erwachte am nächsten Morgen erst gegen zehn Uhr. Die Sonne strahlte wie am Vortag ins Zimmer, und die vielen Blumen wirkten wie fröhliche Farbtupfer.

Pascale machte sich Kaffee, aß ein *pain au chocolat* von dem Vorrat, den sie am Tag zuvor eingekauft hatte, und blätterte dabei in der letzten Ausgabe des *Paris Match* und in der *International Herald Tribune,* die sie für John gekauft hatte.

Als Pascale später ihr Geschirr in die Spüle stellte, betrat Agathe die Küche. Diesmal trug sie neongrüne Fahrradhosen und ein weißes Top, dass nahezu durchsichtig war. Ihre Frisur ähnelte der ihrer Pudel, und auf ihrer Nase saß eine riesengroße, strassverzierte Sonnenbrille. Goldene Plateauschuhe von beängstigender Höhe vervollständigten das Ensemble.

»Schönes Wetter heute«, sagte sie, während sie Pascales Becher mit trägen Handbewegungen auswusch. »Wann kommen Ihre Freunde an?«, fragte sie dann, und ihre Stimme klang so gleichgültig, als habe sie mit all dem überhaupt nichts zu tun.

»Am späten Nachmittag. Ich fände es gut, wenn Marius mich mit dem Kombi zum Flughafen begleiten könnte. Mein Auto ist zu klein für so viele Personen samt Gepäck.«

»Er hat es seit gestern am Rücken«, sagte Agathe in anklagendem Tonfall und warf ihrer derzeitigen Arbeitgeberin mit einem Auge einen schrägen Blick zu. Das andere war geschlossen – aus Schutz vor dem Qualm der Gauloise, die für alle Zeiten zwischen ihren Lippen festzustecken schien.

»Glauben Sie, dass er trotzdem Auto fahren kann?«, fragte Pascale. Gleichzeitig betrachtete sie Agathe verstohlen von oben bis unten und fragte sich, ob sie eine Bemerkung zu ihrer Kleidung machen sollte oder nicht.

»Vielleicht«, war Agathes vage Antwort. Pascale verstand. Sie ging zu ihrer Handtasche und nahm für jeden der beiden diskret 100 Euro aus dem Portemonnaie. Die beiden hatten schließlich auch hart gearbeitet – vermutlich härter, als jemals in den Jahren zuvor.

Agathe sah erfreut aus. »Ich denke, er schafft das mit der Tour zum Flughafen. Wann wollen Sie denn los?«

»Am liebsten um fünfzehn Uhr. Das Flugzeug landet zwei Stunden später. Wir sind, wenn alles klappt, zum Abendessen hier.« Pascale hatte geplant, ein kleines Essen vorzubereiten und auf dem Herd warm zu halten. Die anderen waren sicher erschöpft von der Reise und hatten vermutlich keine Lust, gleich am ersten Abend auszugehen.

Nachdem sie Marius weitere 50 Euro zugesteckt hatte, gelang es Pascale sogar, ihn dazu zu überreden, die Gartenmöbel zu streichen. So war schließlich, als sie Richtung Flughafen aufbrechen mussten, das Wunder vollbracht: Auf dem gepflegten Rasen luden einige strahlend weiße Sitzmöbel zum Verweilen ein. Selbst Agathe äußerte sich beeindruckt über die Verwandlung des Anwesens. Irgendwie war sie voller Bewunderung dafür, dass Pascale geblieben war, sich der Herausforderung gestellt hatte und nicht in ein Hotel geflohen war – wie sie es durchaus schon früher bei anderen Gästen erlebt hatte .

»Wir haben gute Arbeit geleistet, nicht wahr?« Pascale sah Agathe zufrieden an, die sich gerade mit einem Schluck kühlen Biers aus der Flasche belohnte. Und als Pascale mit

Marius die Einfahrt hinunterfuhr, winkte Agathe ihr nach, als seien sie bereits gute Freundinnen.

Pascale winkte zurück. Sie hatte inzwischen beschlossen, Agathe gegenüber kein Wort über ihr Outfit zu verlieren. Die anderen würden sicher damit zurechtkommen. Ob das auch für die aufgedrehten Pudel zutraf, würde sich zeigen. Pascale hatte Agathe gebeten, sie so oft wie möglich in ihrem Zimmer einzusperren. Ihr Mann sei allergisch gegen die Hunde, hatte sie zur Erklärung hinzugefügt. Dass er nicht etwa gegen ihr Fell, sondern gegen ihren Lärm allergisch sein würde, verschwieg sie wohlweislich.

Die Fahrt von St. Tropez nach Nizza zog sich in die Länge. Es herrschte viel Verkehr und brütende Hitze. Als sie endlich am Flughafen angekommen waren, trank Pascale ein Glas erfrischenden Orangensaft. Aus dem Augenwinkel beobachtete sie, dass Marius ein Bier bestellte. Hoffentlich blieb es bei dem einen! Er trug wie schon in den letzten beiden Tagen den Overall und die Anzugschuhe – offenbar war dies seine Standard-Uniform. Pascale gähnte und warf einen Blick auf die Uhr. Das Flugzeug musste bald landen. Und dann noch einmal die Fahrt zurück zum Haus ... Sie gähnte erneut. Schon lange war sie körperlich nicht mehr so erschöpft gewesen. Jetzt hatte sie die Ferien nötig.

Es war ein sehr ruhiger Flug von New York nach Nizza gewesen. John hatte zwar im selben Flieger wie die Morrisons gesessen, aber nicht neben ihnen. Sie waren wie immer Businessclass geflogen, er selbst Economy. Eric hatte ihn damit aufgezogen, als er während des Fluges einmal zu ihm gekommen war. Er und Eric hatten sich eine Weile lang unterhalten, und dann hatte John seinen Freund zurück zu seinem Sitz begleitet. Diana hatte gelesen und mit einem seltsamen, abweisenden Blick zu ihrem Mann aufgesehen. John registrierte eine eigenartige Kälte zwischen den beiden, aber niemand sagte etwas darüber. Schließlich ging John wieder zu seinem Platz und bemühte sich, ein bisschen zu schlafen. Er freute sich riesig auf Pascale. Trotz all ihrer Kabbeleien liebte er sie nach wie vor sehr. Sie war es, die sein Leben erst interessant machte, und sie tat alles mit großer Leidenschaft – ob es nun um Liebe ging oder um hitzige Diskussionen. Ohne sie war die Wohnung in New York in den letzten Wochen still und einsam gewesen.

»John hat gesagt, dass Pascale das Haus großartig findet«, sagte Eric, während er sich wieder neben Diana niederließ. Sie antwortete nicht und hielt den Blick unverwandt auf ihr Buch gerichtet.

»Hast du gehört, was ich gesagt habe?«, fragte er ruhig. Endlich hob sie den Kopf und sah ihren Mann an. In den letzten Wochen hatte es auf der Kippe gestanden, ob sie mitkommen würde oder nicht. Eric war froh und erleichtert, dass sie sich am Ende dafür entscheiden hatte. Zwischen ihnen herrschte seit einiger Zeit eine sehr angespannte Stimmung. Der Stress spiegelte sich deutlich in Dianas Gesichtsausdruck.

»Ja, ich habe gehört, was du gesagt hast«, erwiderte sie nun mit ausdrucksloser Stimme. Jetzt, da sie miteinander allein waren, brauchten sie sich nicht zu verstellen. »Und ich freue mich, dass Pascale das Haus gefällt.« Dianas Blick war stumpf.

»Ich hoffe, dir gefällt es ebenso«, sagte Eric freundlich. Er setzte darauf, dass sie eine friedliche Zeit miteinander verbringen konnten. Sie hatten es bitter nötig – die Zeit in Frankreich würde die Verbindung zwischen ihnen hoffentlich wieder stärken.

»Ich weiß nicht, wie lange ich bleiben werde«, sagte Diana, und Eric kam es so vor, als seien ihre Worte ein Mantra, das sie in den letzten zwei Wochen stets aufs Neue wiederholt hatte. »Ich weiß es einfach noch nicht.«

»Du löst keine Probleme, indem du vor ihnen davonläufst. Wir werden mit den anderen viel Spaß haben, und das wird uns beiden sehr gut tun«, sagte Eric mit hoffnungsvollem Ton in der Stimme, aber Diana sah alles andere als überzeugt aus.

»Mit ›Spaß haben‹ löst man Probleme genauso wenig. Es geht nicht um ›Spaß‹.« Und wirklich, es ging um weit bedeutsamere Themen. Er hatte ihre Ehe aufs Spiel gesetzt und Diana war sich noch nicht sicher, wie sie damit umgehen würde. In den vergangenen Wochen hatte sie mehrfach eine Entscheidung getroffen, und ihre Meinung dann im letzten Moment doch wieder geändert. Sie wollte nicht übereilt handeln. Aber gleichzeitig wusste sie nicht, ob sie Eric das, was er getan hatte, jemals würde vergeben können. Er hatte sie zutiefst verwundet und ihren Glauben erschüttert – nicht nur ihren Glauben an ihn, sondern sogar den an sich selbst. Sie fühlte sich zerstört, fehl am Platz und plötzlich viel älter, als sie war.

»Diana, können wir nicht bitte versuchen, die ganze Geschichte zu vergessen?«, fragte Eric leise. Er hat leicht reden!, dachte Diana verbittert.

»Toller Vorschlag«, sagte sie in sarkastischem Tonfall und

nahm ihr Buch wieder auf. »Jetzt weiß ich endlich, was zu tun ist. Da wird es mir bald wieder besser gehen!«

Tränen waren Schuld daran, dass die Buchstaben vor ihren Augen verschwammen. Aber ihre Gedanken waren in den letzten Stunden eh ständig abgeschweift, sodass sie eigentlich gar nicht wusste, was sie da las. Sie hatte das Buch nur deshalb vor ihr Gesicht gehalten, damit Eric sie nicht ansprach. Es gab einfach nichts mehr zu sagen. In den schrecklichen letzten Wochen hatten sie alles immer und immer wieder durchgekaut.

»Diana ... Bitte sei nicht so«, flüsterte Eric, und zunächst gab sie vor, ihn nicht gehört zu haben. Doch dann wandte sie sich ihm zu. Alle Pein, die sie empfand, stand ihr ins Gesicht geschrieben.

»Wie soll ich denn deiner Meinung nach sein, Eric? Amüsiert? Gleichgültig? Cool? Oder lieber fröhlich? Oh, ich verstehe: Ich soll die verständnisvolle Ehefrau spielen. Nun, tut mir leid, das kann ich nicht.« Ihre Stimme war bei den letzten Worten ins Stocken geraten.

»Warum kannst du uns nicht einfach eine Chance geben? Während wir in Frankreich sind, kann sich doch der Staub, der aufgewirbelt wurde, ein wenig legen. Es ist für uns beide eine harte Zeit gewesen ...« Diana unterbrach ihn abrupt, indem sie aufstand.

»Ich hoffe, du kannst mir verzeihen, dass ich nicht genau verstehe, wieso die Zeit für *dich* so schwer war. Ich habe das Ganze etwas anders wahrgenommen. Aber es war ein netter Versuch.« Mit diesen Worten stieg sie über seine Beine und verschwand den Gang hinunter. Sie wollte einfach für eine Weile von Eric fort. Nicht schon wieder mit ihm diskutieren. Sie wollte das alles nicht mehr hören – seine Entschuldigungen, seine Versprechungen, seinen Erklärungsversuch dessen, was er getan hatte. Sie ertrug es nicht länger, so dicht neben ihm zu sitzen, und bereute zutiefst, dass sie überhaupt mit ins Flugzeug gestiegen war. Letzten Endes hatte sie lediglich nicht ihre Freunde enttäuschen wollen.

Diana ging bis in die Economyclass, wo John saß. Doch ein Blick auf ihn verriet ihr, dass er schlief. Sie ging noch ein Stück weiter und schaute aus dem Fenster in der hinteren Tür des Flugzeugs. Wieder einmal dachte sie über den Zustand nach, in dem sich ihre Ehe befand, und fühlte sich entsetzlich elend. Nie hätte sie gedacht, dass sie einmal in eine solche Situation geraten würde.

Schweigend setzte sie sich später wieder auf ihren Sitz, und schweigend verbrachten sie die restliche Zeit des Fluges.

Das Flugzeug landete pünktlich. Ein Strahlen ging über Pascales Gesicht, als sie John entdeckte. Die Morrisons folgten ihm. Die drei Reisenden sahen müde aus und machten keinen besonders gesprächigen Eindruck. Doch kaum saßen sie im Auto, da unterhielten sie sich schon angeregt über das Haus. Marius folgte im Kombi mit dem Gepäck. Die anderen hatten Marius ein bisschen verdutzt angesehen, deshalb beschloss Pascale, sie unterwegs auf Agathe vorzubereiten. Doch es war schwierig, zur Beschreibung ihres Outfits die richtigen Worte zu finden ...

»Trägt sie denn keine Uniform?«, hakte John nach. Offenbar hatte er vor seinem inneren Auge das Bild eines adretten französischen Ehepaars gehabt, sie mit gestärkter weißer Schürze, er im weißen Jackett, das in einer vornehmen Villa nach allen Regeln der Kunst das Essen servierte. Doch nach Pascales Schilderung schienen sich die beiden ein wenig von seinem Traumbild zu unterscheiden.

»Nein, Uniform kann man ihre Bekleidung nicht gerade nennen«, antwortete Pascale. »Sie sind ein wenig ... nun ja, exzentrisch. Aber sie können gut anpacken.« Und sie trinken ganz gern einen über den Durst, fügte sie im Stillen hinzu. Und ihre Hunde bellen unablässig. »Ich hoffe, euch gefällt das Haus«, sagte sie mit leicht nervös klingender Stimme, als sie sich gegen halb acht Uhr am Abend St. Tropez näherten.

»Ich bin sicher, dass wir begeistert sein werden«, sagte Eric zuversichtlich. Und dann näherten sie sich auch schon dem Tor.

»Es ist ... hn ... ein wenig rustikaler, als wir es uns vorgestellt hatten«, murmelte Pascale noch, während sie über die mit Schlaglöchern übersäte Zufahrt holperten. John runzelte die Stirn und Pascale registrierte, dass die Morrisons schweigsam im Fond des Wagens hockten. Das war absolut untypisch für sie ... Aber vielleicht waren sie ja nur besonders müde. Oder durch ihre, Pascales, vagen Andeutungen ein wenig verunsichert. Doch als sie kurz darauf vor dem Haus hielten, fielen John beinahe die Augen aus dem Kopf.

»Es müsste dringend mal gestrichen werden – oder gleich vollständig renoviert, hab ich recht?«

»Es müsste noch viel mehr – aber wenigstens ist es drinnen inzwischen sauber«, erwiderte Pascale leise.

»War es denn nicht sauber, als du hier ankamst?«, fragte Diana mit erstaunter Miene.

»Nicht unbedingt.« Plötzlich brach Pascale in Lachen aus. Sie konnte es eh nicht vor ihnen verheimlichen. Also war es besser, sie gleich mit der ganzen bitteren Wahrheit zu konfrontieren. »Es war der reinste Schweinestall! Ich habe mit zehn weiteren Personen die ganzen beiden Tage benötigt, um es in den jetzigen Zustand zu versetzen. Aber die gute Nachricht ist, dass wir die Hälfte der Miete erstattet bekommen, weil man uns das Haus unter falschen Voraussetzungen angeboten hat.« John machte angesichts dieser Eröffnung einen begeisterten Eindruck.

»Ist es denn von innen *so* schlimm, Pascale?«, fragte Diana besorgt, und Eric hob schon an, um sie zu beruhigen. Diana durfte auf keinen Fall gleich wieder abreisen!

»Nein, schrecklich ist es nicht. Aber die gesamte Einrichtung ist sehr alt und abgenutzt, und das Haus ist nur spärlich möbliert. Die Küche scheint übrigens bereits seit dem Mittelalter zu existieren«, sagte Pascale.

»Ach, was soll's!« John lachte auf. Seitdem er erfahren hatte, dass er die Hälfte seines Geldes zurückbekommen würde, fand er das Haus ganz toll.

Dann gingen sie hinein. Diana hielt unwillkürlich die Luft an. Sie war überrascht, wie marode und schmucklos die Innenräume waren. Pascales Idee, die Sitzmöbel mit Tüchern zu drapieren, fand sie clever. Aber wenn Pascale zu solchen Mitteln griff, mussten die Polster die reinste Katastrophe sein. Nachdem sich alle erst einmal umgesehen hatten, kamen sie zu dem Schluss, dass es nicht ganz so schlimm sei wie im ersten Moment befürchtet. Es war natürlich nicht gerade das, was sie sich erhofft hatten, aber zum Glück hatte Pascale sie darauf vorbereitet. Und sobald sie ihnen beschrieben hatte, in was für einem Zustand das Haus bei ihrer Ankunft gewesen war und was in der Zwischenzeit alles bewerkstelligt wurde, da waren sie ihr richtig dankbar.

»Wie gut, das du schon früher hierher gefahren bist«, sagte Eric, während sie sich gerade die Küche ansahen.

»Wie zur Hölle haben die nur diese tollen Fotos zustande gebracht?«, fragte John sichtlich erstaunt.

»Wahrscheinlich sind diese Aufnahmen vor Jahrzehnten entstanden.«

»Das ist der reinste Betrug«, erklärte Eric kopfschüttelnd, schien sich aber damit abfinden zu können, dass dieses Haus nun ihre Ferienunterkunft für die nächsten Wochen war. Es war sauber und geräumig. Zwar war es nicht die luxuriöse Villa, die sie erwartet hatten, aber mit den vielen Blumenarrangements und Kerzen, die Pascale überall verteilt hatte, besaß es einen gewissen rustikalen Charme. Pascale wollte den Morrisons das Hauptschlafzimmer überlassen, aber nachdem sie gehört hatten, wie viel Arbeit sich Pascale gemacht hatte, lehnten sie ab.

»Ich habe das nur getan, damit ihr nicht alle furchtbar sauer auf mich seid«, gestand sie, woraufhin die anderen in Gelächter ausbrachen. John ging los, um eine Flasche Wein aus der Küche zu holen, und stieß dort beinahe mit Agathe zusammen. Sie trug weiße Shorts, das rote Bikini-Oberteil und knallrote Stilettos. Im Mundwinkel hing die obligatorische Gauloise, und ein Auge hatte sie geschlossen. John starrte sie einen Augenblick lang sprachlos an.

»Bonjour«, sagte er schließlich verlegen. Agathe lächelte. In dem Moment betrat Marius den Raum, mit der Horde

kläffender Hunde im Schlepptau. »Gütiger Gott«, war alles, was John herausbrachte – und da hatte sich auch schon eines der kleinen Biester in sein Hosenbein verbissen.

Marius öffnete die Weinflasche für ihn, und Agathe zog mit den Hunden ab. Leicht verstört ging John mit dem Rotwein und vier Gläsern zurück zu den anderen.

»Mir sind soeben die Hunde von Baskerville und Tina Turners teuflischer Zwilling begegnet.« Pascale lachte über diese Beschreibung. Aus den Augenwinkeln sah sie einen Anflug von Besorgtheit über Dianas Gesicht huschen. Aber als sie daraufhin Eric anschaute, machte er einen völlig entspannten Eindruck. Vielleicht hatte Diana gar nicht an ihn, sondern an Anne gedacht und wie sehr sie sich gewünscht hatte, hierher zu kommen. Ihr selbst war das auch schon ein paar Mal durch den Kopf gegangen, aber die viele Arbeit hatte sie abgelenkt.

»Hast du das Boot schon gesehen?«, fragte Eric gespannt, während John ihnen allen Wein einschenkte.

»Habe ich«, gestand Pascale. »Es stammt wahrscheinlich von Robinson Crusoe. Hoffentlich kann man damit überhaupt noch segeln.«

»Ich bin sicher, wir bekommen es in Gang.« Eric sah seine Frau lächelnd an, aber Diana reagierte nicht.

An diesem Abend kochte Pascale für sie alle. Agathe hatte bereits den Tisch im Esszimmer gedeckt und bot an, das Essen zu servieren, aber Pascale sagte ihr, sie kämen allein zurecht. Nach dem Essen rauchten John und Eric im Garten noch eine Zigarre, während Pascale und Diana in der Küche das Geschirr abwuschen. Pascale musste ihre Freundin immerzu ansehen. Sie machte sich Sorgen um Diana. Schließlich konnte sie sich nicht mehr zurückhalten.

»Alles in Ordnung, Diana? Du kommst mir schon eine ganze Weile recht verstört vor. In New York habe ich immer gedacht, du seiest einfach überarbeitet und müde. Geht es dir gut?«

Diana sah sie lange an, wollte schon mechanisch nicken, schüttelte dann aber energisch mit dem Kopf. Tränen begannen ihr über die Wangen zu laufen. Sie setzte sich an den Küchentisch und sah Pascale traurig an. Sie hatte nicht länger die Kraft, ihre Sorgen vor ihrer Freundin zu verbergen.

»Was ist denn los? Du Ärmste ... was ist passiert?« Pascale legte den Arm um sie, und Diana wischte sich die Tränen mit dem Zipfel der Küchenschürze ab.

Es fiel ihr fürchterlich schwer, darüber zu reden. Eine Weile lang lehnte sie sich einfach nur an Pascale, die sie wie ein Kind an sich drückte und sich fragte, was Diana nur derart zusetzen konnte. Sie hatte ihre Freundin nie zuvor so erlebt.

»Bist du krank?« Diana schüttelte den Kopf, schwieg aber weiterhin. Sie schnäuzte sich die Nase mit dem Papiertaschentuch, das Pascale ihr gereicht hatte. »Es ist doch nichts mit Eric und dir, oder?« Pascale hatte die Frage rhetorisch gemeint, aber als sie Dianas Gesicht sah, wusste sie, dass sie ins Schwarze getroffen hatte. Diana setzte sich aufrecht hin, sah Pascale einen Moment lang fest an und nickte schließlich.

»Nein! Wie kann das sein?«

»Das weiß ich auch nicht. Diese Frage habe ich ihm in den letzten Wochen immer wieder gestellt.«

»Was ist passiert?« Pascale war fassungslos. »Er hatte eine Affäre mit einer seiner Patientinnen«, antwortete Diana und schnäuzte sich erneut. Es war irgendwie erleichternd, Pascale alles zu erzählen. Seit Erics Geständnis hatte sie bisher mit keinem Menschen darüber geredet. Es war ihr hässliches, quälendes Geheimnis gewesen.

»Bist du sicher, dass du dir das nicht nur einredest? Ich kann das einfach nicht glauben.«

»Es stimmt aber. Er hat es mir gesagt. Ich spürte schon seit zwei Monaten, dass irgendetwas im Busch ist, konnte mir aber keinen Reim darauf machen. Vor vier Wochen hat er es mir dann – gezwungenermaßen – gestanden. Katherines Baby bekam damals einen Anfall von Pseudokrupp und musste mitten in der Nacht in die Klinik gebracht werden. Ich rief Eric an, um ihn zu bitten, sich mit den beiden in der Notaufnahme zu treffen, und da sagte man mir, dass er in dieser Nacht überhaupt keinen Dienst habe. Mir hatte er aber erzählt, er könne nicht nach Hause kommen, weil eine Entbindung anstände. Er hatte mich extra angerufen, um mir zu erklären, dass es sich bestimmt bis zum Morgen hinziehen und er dann direkt in der Klinik bleiben würde. Plötzlich wurde mir bewusst, dass er vermutlich die vielen Male, wenn er angeblich Nachtdienst hatte, überhaupt nicht im Krankenhaus gewesen war.«

»Eric?«, fragte Pascale mit brüchiger Stimme. In ihren Augen war er immer der perfekte Ehemann gewesen. Rücksichtsvoll, ständig gut gelaunt und unbeschwert, ein liebevoller Gatte und Vater. »Liebt er diese Frau?«

»Er sagt, er sei sich nicht sicher. Angeblich hat er vor ein paar Tagen mit ihr Schluss gemacht. Das kann sogar stimmen, denn seitdem ruft sie jede Nacht bei uns zu Hause an. Er ist ganz schön durcheinander wegen dieser Sache, sagt, sie sei sehr nett. Sie ist eine seiner Patienten und ihr Ehemann hat sie direkt nach der Geburt des Kindes verlassen. Sie tat ihm leid – so fing es an. Außerdem muss sie bildhübsch sein, sie arbeitet als Model.«

»Wie alt ist sie denn?« Pascale sah ihre Freundin mitfühlend an. Diana durchlebte gerade den schlimmsten Albtraum aller Frauen.

»Dreißig«, sagte Diana niedergeschlagen. »Ich könnte ihre Mutter sein. Sie ist so alt wie Katherine. Ich fühle mich jedenfalls, als wäre ich Hundert. Wahrscheinlich ist er mit ihr wirklich besser dran.« Dann sah sie Pascale an. »Ich glaube nicht, dass ich ihm je wieder vertrauen kann. Ich weiß ja nicht einmal, ob ich mit ihm verheiratet bleiben möchte.«

»Das kannst du nicht tun«, sagte Pascale entsetzt. »Du kannst dich unmöglich scheiden lassen. Nicht nach so langer Zeit. Das wäre für alle furchtbar. Wenn er sich nicht mehr mit ihr trifft, ist die Sache doch vorbei. Er wird diese Frau vergessen«, versuchte Pascale ihrer Freundin Mut zu machen.

»Mag sein, dass er es vergisst – aber ich nicht.« Davon war Diana fest überzeugt. »Jedes Mal, wenn ich ihn ansehe, werde ich daran denken, dass er mich betrogen hat. Und dafür hasse ich ihn.«

»Verständlich«, versicherte Pascale mitfühlend. »Aber solche Dinge passieren nun mal. Selbst du wärest vor so etwas nicht gefeit. Wenn er die Affäre beendet hat, musst du versuchen, ihm zu verzeihen. Eine Scheidung würde euer beider Leben ruinieren. Ihr liebt euch doch!«

»Offenbar nicht so sehr wie ich dachte. Er mich jedenfalls nicht.« In ihren Augen war nur Wut und Enttäuschung zu lesen, nicht das kleinste Anzeichen von Verzeihen.

»Was hat er denn gesagt?«

»Dass es ihm leidtue und dass es nie wieder vorkommen wird. Er habe es schon vom ersten Moment an bedauert – was ihn nicht davon abhielt, wochenlang weiterzumachen. Und wenn Katherines Baby nicht krank geworden wäre, wer weiß, wie lange es sich noch hingezogen hätte. Womöglich hätte er mich irgendwann sogar verlassen.« Dianas Tränen begannen wieder zu fließen.

»So dumm kann er nicht sein.« Aber er war ein sehr attraktiver Mann und den ganzen Tag von Frauen umgeben. Sicher boten sich ihm mehr Gelegenheiten, jemanden kennenzulernen, als den meisten Männern. Und möglich war schließlich alles, selbst für einen verantwortungsvollen und zuverlässigen Mann wie Eric. Pascale konnte Diana ansehen, wie sehr ihr das alles zusetzte, und sie wunderte sich plötzlich, dass Diana überhaupt nach St. Tropez mitgekommen war. Als sie nachfragte, erwiderte Diana:

»Ich wollte eigentlich nicht mehr mit, aber er hat mich förmlich angefleht. Und jetzt behauptet er, nur zwei Wochen bleiben zu können. Aber wenn er dann wirklich schon zurückfliegt, werde ich die ganze Zeit denken, dass er bei ihr ist.«

»Vielleicht solltest du ihm glauben, dass es vorbei ist«, wiederholte Pascale leise, aber Diana sah sie wütend an.

»Warum sollte ich das tun? Er hat mich belogen. Wie kann dann von mir erwartet werden, dass ich ihm vertraue?« Damit hat sie zweifelsohne recht, dachte Pascale und schwieg. »Momentan kann ich mir nicht vorstellen, mit ihm verheiratet zu bleiben. Es wird nie wieder so sein wie vorher. Wahrscheinlich hätte ich gar nicht herkommen sollen. Ich wollte mich schon vor der Abreise mit einem Anwalt in Verbindung setzen, aber Eric hat mich gebeten, zumindest bis nach dem Urlaub zu warten. Aber diese Reise wird meine Meinung wohl kaum ändern.« Eine ziemliche Last hatten die beiden da mit in die Ferien genommen – wie einen Koffer voller Blei. Nicht die besten Voraussetzungen für einen entspannenden Urlaub. »Würdest du bei John bleiben, wenn er dich betrogen hätte?« Diana sah Pascale verbittert an. Sie schien eine andere geworden zu sein. Früher war sie immer so unbeschwert und glücklich gewesen, und Pascale hatte immer gedacht, was für eine großartige Ehe Diana und Eric führten, so wie Robert und Anne auch, wohingegen sie selbst und John sich ständig kabbelten. Und jetzt war Anne von ihnen gegangen, und Diana dachte über Scheidung nach.

»Ich weiß nicht, was ich tun würde«, gab Pascale ehrlich zu. »Wahrscheinlich würde ich ihm den Hals umdrehen wollen.« John redete viel über Frauen, aber Pascale war nie auf die Idee gekommen, dass er etwas mit ihnen anfing. Im Grunde war sie sicher, dass er es nicht tat. Er wollte nur gern ein bisschen den Weiberheld mimen. Aber es war lediglich Geschwätz und nichts dahinter – in seinem Fall jedenfalls.

»Ich glaube, ich würde erst einmal gründlich über alles nachdenken, bevor ich irgendwelche Schritte unternehme. Und vielleicht würde ich auch versuchen, ihm doch wieder zu vertrauen. Menschen tun manchmal solche Dinge, Diana.«

»Jetzt sei bitte nicht so schrecklich französisch«, schimpfte Diana und begann wieder zu weinen. Es ging ihr hundsmiserabel und sie bedauerte einfach nur, hergekommen zu sein. Eric anzusehen regte sie jedes Mal aufs Neue auf. Wie sollte sie da einen ganzen Monat oder auch nur einen einzigen weiteren Tag in seiner Nähe durchstehen?

»Vielleicht haben die Franzosen in manchen Dingen ja recht«, sagte Pascale besänftigend. »Du solltest dir jedenfalls gut überlegen, was du tust, um es nicht hinterher zu bedauern.«

»Das hättest du *ihm* sagen sollen, bevor er mit dieser Frau geschlafen hat!«, stieß Diana wütend hervor. Dass diese Geliebte so viel jünger war, ließ sie sich alt und unattraktiv fühlen. Eric hatte sie wirklich an einem empfindlichen Punkt getroffen.

»Hast du es irgendjemandem erzählt?«, wollte Pascale wissen.

»Nein, nur jetzt dir. Ich habe mich zu sehr geschämt. Ich weiß zwar nicht, warum es mir peinlich sein sollte, aber es ist so. Es macht mich so minderwertig ... Als wäre ich ihm nicht genug.«

»Diana, du weißt genau, dass das nicht stimmt. Er hat einfach nur eine Dummheit begangen. Und ich bin mir sicher, dass ihm das ganz schön peinlich ist.« Pascale bemühte sich, beiden gegenüber fair zu bleiben. »Ich finde es jedenfalls tapfer von dir, herzukommen.« Sie bewunderte ihre Freundin dafür, auch wenn Diana nicht allzu glücklich über die Entscheidung war.

»Ich wollte dich und Robert nicht hängen lassen«, sagte Diana traurig. »Wie schwer muss es erst für ihn sein, hierherzufliegen. Ich hatte das Gefühl, ihm das schuldig zu sein. Genau genommen bin ich mehr wegen ihm als wegen Eric hier.«

»Vielleicht tut es euch beiden gut, hier zu sein«, bemühte sich Pascale erneut, ihr Mut zu machen. Aber sie sah auch, dass zur Rettung dieser Ehe mehr nötig war als ein Urlaub am Mittelmeer.

»Ich werde ihm sicher nie vergeben können«, wiederholte Diana weinend.

»Im Moment nicht. Aber irgendwann vielleicht schon«, lautete Pascales weiser Rat. Sie legte den Arm um die Freundin und die beiden drückten sich fest. Dann gingen zurück ins Wohnzimmer.

Als die Männer aus dem Garten zurückkehrten, versetzte es Pascale einen Stich, Eric und Diana zusammen zu sehen. Die beiden wirkten, als hätten sie einander verloren.

Pascale grübelte immer noch darüber nach, als John und sie hinauf ins Schlafzimmer gingen.

Er merkte es sofort, was untypisch für ihn war. So aufmerksam war er ihr gegenüber nicht immer.

»Stimmt etwas nicht?« Er fragte sich offenbar, ob er etwas Falsches gesagt oder getan hatte.

»Nein, ich war nur in Gedanken.« Pascale wusste nicht, ob es Diana recht wäre, wenn sie John davon erzählte. Sie hatten nicht über diese Frage gesprochen. Und so lange das nicht geklärt war, wollte sie Dianas Vertrauen nicht enttäuschen.

»Worüber?«, fragte John besorgt, da Pascale etwas sehr zuzusetzen schien.

»Nichts Wichtiges. Was es morgen zum Mittagessen geben soll«, log sie.

»Das glaube ich dir nicht. Geht es um etwas Schlimmes?«

»Irgendwie schon.«

»Ich glaube, ich weiß, was los ist. Eric hat mir erzählt, dass er und Diana Probleme haben«, sagte John mit ernster Miene.

»Hat er dir gesagt, was für Probleme?«

»Nein. Er erwähnte nur, dass sie gerade eine schwierige Phase durchzustehen hätten.«

»Sie will sich scheiden lassen«, klärte Pascale ihn bekümmert auf. »Das wäre entsetzlich. Für beide.«

»Gibt es eine andere Frau?«, fragte John. Sie nickte, und er sah sie überrascht an.

»Er sagt, es sei vorbei. Aber Diana meint, sie sei zu verletzt, um ihm vergeben zu können.«

»Ich hoffe, die beiden bekommen es wieder hin«, sagte John mit besorgtem Blick. »Sie haben zweiunddreißig gemeinsame Jahre hinter sich. So etwas hat doch Gewicht.« Er zog Pascale liebevoll in seine Arme. Das tat er nicht oft. Aber sie wusste, dass er sie trotz seiner barschen, manchmal lauten Art sehr liebte. »Du hast mir gefehlt«, sagte er zärtlich.

»Du mir auch.« Sie lächelte ihn an, und dann küsste er sie. Einen Augenblick später schalteten sie das Licht aus und sanken sich in die Arme.

Es war gut vier Wochen her, dass sie sich gesehen hatten, eine lange Zeit für Verheiratete. Aber er wusste, wie viel ihr diese Wochen in Paris bedeuteten und hätte sie ihr deshalb nie vorenthalten.

Nachdem sie sich geliebt hatten, hielten sie sich noch lange in den Armen. Als John eingeschlafen war, betrachtete Pascale ihn im Mondlicht, das in ihr Zimmer schien, und fragte sich, wie ihr zumute wäre, wenn er sie betrogen hätte. Sie wäre genauso am Boden zerstört wie Diana. Ihr wurde wieder einmal klar, wie glücklich sie mit ihm war. Er war alles, was sie wollte und brauchte, und das war schon immer so gewesen.

7

Als Pascale am nächsten Morgen gerade für alle das Frühstück zubereitete, kam John entsetzt in die Küche gestürmt. Er hielt einen Messinggriff in der Hand und stieß beinahe mit Agathe zusammen, die in Leopardenbikini und Plateauschuhen dabei war, den Mülleimer rauszutragen. Sie hatte die Kopfhörer eines Walkman auf und sang lautstark mit. John blieb wie angewurzelt stehen und starrte sie ungläubig an. Pascale brutzelte ungerührt weiter Rührei, als wäre Agathes Outfit das Natürlichste von der Welt.

»Die Toilette läuft über!«, verkündete John und schwenkte den Messinggriff. »Was soll ich tun?«

»Keine Ahnung. Kannst du dich nicht darum kümmern? Ich koche gerade«, antwortete Pascale leicht amüsiert, während er immer noch mit dem Griff auf sie wies. »Warum rufst du nicht Marius, damit er dir hilft?«, schlug sie vor. John verdrehte ärgerlich die Augen.

»Woher soll ich wissen, wo ich ihn finde? Und wie soll ich ihm erklären, was passiert ist?«

»Zeig es ihm einfach.« Pascale versuchte durch Winken Agathe auf sich aufmerksam zu machen, die immer noch laut sang. Endlich stellte sie den Walkman ab und ließ sich von Pascale das Problem schildern. Agathe wirkte kein bisschen überrascht, sondern nahm John einfach den Griff aus der Hand und wackelte samt Mülleimer davon, um Marius zu suchen. Der tauchte kurz darauf mit Eimer, Wischlappen und Saugglocke auf. Marius trug Shorts, ein durchsichtiges T-Shirt und hatte offenbar einen gewaltigen Kater.

Agathe erzählte, dass dieses Problem immer wieder auftauche und nicht weiter schlimm sei. Just in dem Moment begann es von der Decke zu tropfen. John und Pascale starrten entsetzt nach oben. Dann schoss John los, zurück zum Ort des Geschehens. Marius folgte ihm gemächlich, während Agathe den Walkman wieder aufsetzte und laut singend den Tisch deckte.

Diana betrat die Küche, gefolgt von Eric, der Agathe in ihrem Outfit entgeistert anstarrte. »Was für ein Anblick«, sagte er schließlich mangels einer treffenderen Beschreibung, und Diana begann lauthals zu lachen.

»Läuft sie immer so rum?«, fragte sie. Pascale schaltete den Herd aus und lächelte Diana zu. Sie freute sich, dass die beiden ein bisschen entspannter und ausgeruhter wirkten als am Abend zuvor.

»Mehr oder weniger – im wahrsten Sinne des Wortes. Und ob sie viel oder wenig Kleidung anhat, der Stil ist immer derselbe. Aber sie kann anpacken und hat mir dabei geholfen, vor eurer Ankunft alles in Schuss zu bringen.«

»Es hat jedenfalls was«, bemerkte Eric und nahm sich einen Pfirsich aus der Obstschale, die auf dem Küchentisch stand. Die Früchte, die Pascale eingekauft hatte, schmeckten köstlich. »Regnet es oder haben wir ein Problem?«, fragte Eric mit Blick auf das stete Tropfen der von der Decke.

»John sagte, dass die Toilette überläuft«, erklärte Pascale und reichte allen von dem Rührei. Wenig später kam John in die Küche. Er sah leicht mitgenommen und entnervt aus.

»Das Bad steht bestimmt fünf Zentimeter hoch unter Wasser. Ich habe Marius das Wasser abstellen lassen, bis er einen Klempner hergeholt hat, der sich darum kümmert.«

»Wie hast du es geschafft, ihm das zu erklären?« Pascale war sichtlich beeindruckt. In 25 Jahren hatte John kaum mehr als zehn Wörter auf französisch zu ihrer Mutter gesagt, eigentlich immer nur *bonjour, au revoir* und *merci* – und auch das nur, wenn es gar nicht anders ging.

»Auf der Highschool habe ich oft Scharade gespielt«, antwortete er und widmete sich dem Rührei. Marius kam in die Küche marschiert und stellte noch einen Eimer unter die tropfenden Stellen. Es schien mehr zu werden, was ihn aber wohl nicht beunruhigte. Mit Agathe im Schlepptau verschwand er sofort wieder.

»Habt ihr gut geschlafen?«, fragte Pascale die Morrisons, während sie allen dampfenden Kaffee einschenkte.

»Ganz wunderbar«, erklärte Eric und warf einen raschen Seitenblick auf Diana. Die beiden schienen nicht miteinander zu sprechen, jedenfalls nicht, wenn sie es vermeiden konnten. Die angespannte Atmosphäre war für alle deutlich zu spüren, und sobald sie mit dem Frühstück fertig waren, schlug Pascale ihrer Freundin vor, gemeinsam zum Markt zu fahren. John wollte im Haus bleiben und auf den Klempner warten, während Eric vorhatte, sich das Segelboot anzusehen.

Das Wetter war an diesem Morgen traumhaft schön. Die beiden Frauen nutzten die Fahrt zum Markt, um ungestört zu reden. Pascale hatte den Eindruck, dass sich Eric sehr um Diana bemühte, und das sagte sie ihr auch. Diana nickte und schaute schweigend aus dem Fenster.

»Ja, das tut er«, räumte sie schließlich ein, »aber ich bin nicht sicher, ob das einen Unterschied macht.«

»Vielleicht solltest du einfach abwarten, wie es sich in diesem Urlaub zwischen euch entwickelt. Die Auszeit könnte euch beiden gut tun – wenn du es zulässt.«

»Und dann? Vergessen wir alles und tun so, als wäre nie etwas passiert? Wie stellst du dir das vor?« Diana wirkte verärgert über diesen Vorschlag.

»Ich weiß ja auch nicht, ob ich das könnte«, gab Pascale ehrlicherweise zu. »Aber vielleicht gibt es keinen anderen Weg, wenn du die Dinge wieder ins Lot bringen willst.«

»Warum muss *ich* das tun?«, fragte Diana und schien langsam wirklich sauer zu werden. »*Er* ist fremdgegangen, nicht ich.«

»Aber vielleicht musst du ihm vergeben, wenn du deine Ehe retten willst.«

»Genau darüber bin ich mir noch nicht sicher.«

Pascale nickte nur. Kurz darauf erreichten sie den Marktplatz. Sie blieben gut zwei Stunden und kauften Brot, Käse, Früchte, Wein, verschiedene köstlich duftende Pasteten und eine Erdbeertarte, bei deren Anblick Pascale das Wasser im Mund zusammenlief.

Als sie zum Haus zurückkamen, fanden sie Eric und John auf Liegestühlen ausgestreckt vor. Beide Männer wirkten zufrieden und entspannt. John, der genüsslich eine Zigarre rauchte, erzählte ihnen, dass der Klempner da gewesen sei und alles repariert habe. Aber er sei kaum weg gewesen, da hätte das Spiel von Neuem begonnen, nur dieses Mal im Badezimmer von Eric und Diana. Marius versuche gerade, den Schaden eigenhändig zu reparieren.

»Ich denke nicht, dass wir das Haus kaufen sollten«, bemerkte Eric trocken.

»So viel zum Stand der Dinge.« John wies mit der Zigarre erst auf Pascale und dann auf die Einkaufstüten und den vollen Korb. »Hoffentlich hast du nicht allzu viel Geld für Vorräte ausgegeben?«

»Natürlich nicht, ich habe Käse gekauft, der schon abgelaufen ist, und ein bisschen schimmliges Obst. Das Brot habe ich so mitgehen lassen – echte Schnäppchen also.«

»Sehr lustig«, knurrte er und wandte sich samt seiner Zigarre wieder Eric zu.

Sie aßen draußen zu Mittag und gingen danach schwimmen. Eric machte mit Diana eine kurze Tour im Segelboot. Sie wollte erst nicht, ließ sich dann aber doch überreden. Segeln war eigentlich nicht ihr Ding, und sie hatte auch nicht vor, sich Eric gegenüber zu öffnen. Aber Pascale hatte sich ein wenig hingelegt, und John folgte ihr bald aufs Zimmer. Da sie sonst allein gewesen wäre, entschied Diana, mitzusegeln.

Als die Donallys gegen sechs Uhr wieder herunterkamen, sprachen Eric und Diana sogar miteinander, und die Stimmung wirkte nicht mehr ganz so angespannt wie am Morgen.

An diesem Abend bereitete Pascale für alle Lamm zu, nach einem alten Familienrezept. Zum Nachtisch gab es die Erdbeertarte, und den krönenden Abschluss bildete ein *café filtre*. Das Essen war köstlich, und anschließend saßen sie noch lange zusammen und tranken Wein. Robert würde am nächsten Tag eintreffen, und Diana fragte Pascale, ob sie inzwischen mehr über den geheimnisvollen Gast wisse, den er mitbringen wollte.

»Seit meiner Abreise aus New York habe ich nichts mehr von ihm gehört. Diese Schauspielerin ist es sicher nicht. Die beiden kennen sich ja kaum. Da haben wir uns bestimmt unnötig Sorgen gemacht.« In der entspannten Atmosphäre von St. Tropez schien sowieso alles weitaus weniger bedrohlich zu sein.

»Hoffentlich«, erwiderte Diana mit ernster Miene. Seit Erics Treuebruch war sie in Bezug auf Beziehungsthemen überempfindlich. Sie hatte sich jedenfalls fest vorgenommen, nicht zuzulassen, dass sich Robert zum Idioten machte. Wenn er tatsächlich Gwen Thomas hierher eingeladen hatte, dann würde sie ihm gehörig die Meinung sagen: dass er einen schlimmen Fehler begehe und es eine Kränkung von Annes Andenken wäre, wenn er mit einem Starlet ausging. Das war Gwen Thomas allein vom Alter her schon nicht, aber Diana und Pascale hielten es für schlichtweg unmöglich, dass diese Frau ehrbar und anständig sei – folglich mussten sie Robert beschützen.

Als er am nächsten Tag eintraf, wirkte er jedoch so gesetzt wie immer. Er und Mandy stiegen aus dem Mietwagen, sie in weißem T-Shirt, Strohhut und weißer Jeans, er in blauem Baumwollhemd und khakifarbenen Leinenhosen. Beide waren verdutzt, als sie die Villa sahen.

»Nach den Fotos hatte ich eine etwas andere Vorstellung«, sagte Robert überrascht. »Bilde ich es mir nur ein, oder ist es ein kleines bisschen rustikaler?«

»Sehr viel rustikaler«, erklärte Pascale, und John warf ihr einen amüsierten Blick zu.

»Warte, bis du erst das Hausmädchen und den Gärtner gesehen hast«, fügte er hinzu. »Aber dafür haben wir auch die Hälfte unseres Geldes zurückerstattet bekommen.«

»Was denken sich diese Leute?«, fragte Robert ungläubig, nachdem John ihm alles erzählt hatte.

»Sie haben uns übers Ohr gehauen. Es sind Franzosen. Was erwartest du?« Pascale warf John einen giftigen Blick zu, was ihn jedoch nicht einschüchterte. »Als Pascale hier eintraf, muss dieses Haus ausgesehen haben wie in *Der Untergang des Hauses Usher.* Sie hat zwei ganze Tage nur geputzt und aufgeräumt. Im *Architectural Digest* werden wir das Haus auch jetzt noch nicht finden, aber es ist bewohnbar – nur bitte nicht die Toilettenspülung betätigen.« Robert nickte schmunzelnd, während Mandy entsetzt aussah.

»Können wir die Toiletten denn benutzen?« Der Anflug von Panik in Mandys Stimme ließ Pascale innerlich grinsen. Anne hatte sich immer darüber beschwert, wie verwöhnt und pingelig ihre Tochter sei.

»Sicher kannst du das«, versicherte John. »Zieh nur besser Gummistiefel an.«

»Ach du Schreck«, entfuhr es Mandy, während Pascale mühsam ein Lachen unterdrückte.

»Sollen wir nicht lieber ins Hotel gehen? Hier kann man doch nicht wohnen!«, versuchte Mandy ihren Vater zu überreden.

»Wir sind jetzt seit zwei Tagen hier«, sagte Diana kategorisch, »und wir leben immer noch – und sogar ganz gut. Wir wäre es, wenn ich dir jetzt dein Zimmer zeige?« Was sie auch auf der Stelle tat. Allerdings beruhigte der Anblick Mandy nicht sehr. Man hörte das gurgelnde Geräusch der Toilettenspülung durch die Wand, und es roch in dem Zimmer muffig. Mandy gehörte jedoch zu den Leuten, die nie ganz zufrieden sind, außer in den eigenen vier Wänden. »Ich lüfte mal«, sagte Diana hilfsbereit und versuchte, eines der Fenster zu öffnen. Es klemmte, und als sie daran rüttelte, lösten sich die Scharniere und das komplette Fenster stürzte in den Garten hinab. »Ich werde den Gärtner bitten, es wieder einzusetzen«, versicherte sie lächelnd, während Mandy sie entsetzt anstarrte. Keine fünf Minuten später marschierte sie zu ihrem Vater und erklärte ihm, dieses Haus stelle eine Gefahr für die Bewohner dar. Sie litt nämlich obendrein noch unter Spinnen- und Käferphobie, und davon hatte dieses Haus reichlich zu bieten.

»Ich glaube wirklich nicht, dass wir hier bleiben sollten«, sagte Mandy erneut und schlug vor, sich im Hotel Byblos nach Zimmern zu erkundigen – dem besten Hotel von St. Tropez. Eine ihrer Freundinnen hatte im letzten Jahr dort gewohnt.

»Es wird uns hier schon gefallen«, versuchte Robert sie zu beruhigen. »Mit den anderen zusammen zu wohnen ist doch viel netter. Wofür brauchen wir ein Hotel?« Außerdem hatte Eric ihm erzählt, dass er das kleine Segelboot wieder fahrtüchtig bekommen hatte, und Robert konnte es kaum erwarten, das erste Mal damit »in See zu stechen«.

»Vielleicht sollte ich schon früher nach Venedig reisen«, überlegte Mandy mit besorgter Miene. Sie wollte sich dort mit Freunden treffen.

»Wie du möchtest«, sagte Robert betont ruhig. Anne hatte immer besser mit ihrer Tochter umgehen können als er selbst. Er verlor schnell die Geduld, wenn Mandy ihre Allüren hatte und zickig wurde. Für sie musste alles vom Feinsten sein. Aber sie war kein kleines Kind mehr, und ein paar Tage in einer maroden Villa würden ihr wohl kaum schaden. Ihm gefiel es hier. Wenn das Haus auch seine Macken hatte, so besaß es doch einen eigenen Charme. Das hatte er auch Pascale gesagt, die sich sehr darüber freute. Sie plagte immer noch ihr schlechtes Gewissen, weil sie dieses Haus ausgesucht hatte. Aber eigentlich arrangierten sich alle großartig damit.

Zur ersten kleinen Krise kam es am Nachmittag. Mandy wollte sich auf ihr Bett legen, um ein bisschen zu lesen. Kaum hatte sie es sich bequem gemacht, brach das Bettgestell unter ihr zusammen. Es stellte sich heraus, dass zwei der Füße wohl zuvor abgebrochen und nur provisorisch wieder angeleimt worden waren. Mandy schrie so laut auf, dass Pascale wie der Blitz ins Zimmer geschossen kam. Als sie sah, was passiert war, musste sie schallend lachen.

»Du meine Güte, Liebes, ich hole Marius, damit er es repariert.«

Aber dessen Versuche blieben erfolglos. Das Bett war schon so oft repariert worden, dass es jetzt einfach nicht mehr hielt. Mandy blieb nichts anderes übrig, als mit der Matratze auf dem Boden zu schlafen. Überaschenderweise bemühte sie sich, gute Miene zum bösen Spiel zu machen, aber Pascale hatte den starken Eindruck, dass Mandy bald nach Venedig abreisen würde.

Nachdem Marius die erfolglosen Reparaturversuche

eingestellt hatte, verließ er mit dem Werkzeugkoffer – und einer Alkoholfahne – Mandys Zimmer.

»Er ist schon ganz in Ordnung«, sagte John später schmunzelnd zu Mandy. »Und seine Frau ist eine echte Perle. Ihre Outfits werden dir gefallen«, versprach er. Als sich Agathe an diesem Nachmittag zeigte, trug sie eine durchsichtige weiße Spitzenbluse über schwarzem BH und weiße Shorts, die kaum etwas von ihrem Hintern verdeckten. Mandy lachte laut los, während ihr Vater schockiert wirkte.

»Irgendwie ist sie süß«, sagte John amüsiert. »Warte, bis du sie in ihrem Leopardenteil erlebt hast oder in diesen pinkfarbenen Radlerhosen.« Robert prustete los, während Mandy das Weite suchte.

Der Ausflug mit dem Boot an diesem Nachmittag hatte Robert gut getan, und das Haus gefiel ihm immer besser. Es hatte für ihn etwas von Abenteuerurlaub, und er war sicher, dass auch Anne ihren Spaß gehabt hätte. Im Gegensatz zu ihrer Tochter, die durch und durch ein Stadtmensch war, hätte Anne einen Sinn für das Rustikale gehabt.

An diesem Abend bereitete Pascale für alle Hühnchen zu. Als sie die Backofentür öffnete, um nach dem Fleisch zu sehen, kam ihr die Tür entgegen und landete auf dem Fußboden. Eric schaffte es jedoch, den Herd zu reparieren. Er benutzte Bindedraht und baute eine derart geniale Konstruktion, dass die anderen begeistert applaudierten. Nichtsdestotrotz nutzte Mandy die Gelegenheit, um bei ihrem Vater noch einmal die Sprache auf das Byblos zu bringen.

»Mir gefällt es hier«, stellte Robert schlicht und einfach

klar. »Und den anderen auch.« Mandy verdrehte die Augen und murrte stumm: Er hatte ja auch seine Freunde hier, aber ich? Sie begann zu bedauern, überhaupt mitgekommen zu sein. Dennoch hatte sie Skrupel, die Gefühle der anderen zu verletzten, indem sie sofort wieder abreiste.

Schließlich war es ihr Vater, der ihr den Rettungsring zuwarf. »Das Haus ist wirklich nicht so komfortabel, wie wir dachten«, stimmte er zu. Und Segeln war nie Mandys Sache gewesen. Ihre Brüder liebten es, aber sie mochte nur Wasserskilaufen und ging gern tanzen. Vor allem aber wollte sie mit Gleichaltrigen zusammen sein.

»Ich bin gern hier bei dir, Dad«, sagte sie ganz ehrlich. Sie hatte auch die Freunde ihrer Eltern immer gemocht. Aber ihre Mutter jetzt nicht mehr in dieser Runde zu sehen, erinnerte sie schmerzhaft an ihren Verlust.

»Möchtest du vielleicht schon früher nach Venedig fahren? Ich würde es dir nicht verübeln.« Ihm ging es gut in Gesellschaft der Morrisons und Donnallys, das wusste Mandy, dennoch hatte sie das Gefühl, ihn im Stich zu lassen.

»Kommt nicht infrage. Ich finde super hier.« Sie wussten beide, dass sie log.

»Du solltest noch mal drüber nachdenken«, riet Robert ihr und schlug ihr dann vor, am Nachmittag in St. Tropez bummeln zu gehen. Dort traf sie zufällig einen Bekannten, der ganz in der Nähe in Ramatuelle Ferien machte. Ein netter junger Mann, der Mandy an diesem Abend direkt zum Essen ausführte.

Die anderen gingen zum Dinner ins Le Chabichou – ein Tipp von Agathe. Sie fuhren mit zwei Wagen hin und waren bester Laune, mit Ausnahme von Diana und Eric, die in verschiedene Autos einstiegen. Eric wirkte bedrückt, und Diana war auffallend ruhig. Das Restaurant gefiel allen gut, und von dem Essen waren sie entzückt.

Um elf saßen sie immer noch dort, satt und zufrieden. Mittlerweile hatten sie drei Flaschen Wein konsumiert, und selbst Diana und Eric waren besser aufgelegt, obwohl sie den ganzen Abend lang kein Wort miteinander wechselten. Pascale unterhielt sich gerade mit Robert, da erwähnte er, dass sein »Besuch« am Montag eintreffen würde. Mandy wäre dann schon abgereist, sie wollte spätestens am Wochenende nach Venedig fliegen.

»Ist es jemand, den wir kennen?«, fragte Pascale möglichst beiläufig, obwohl sie vor Neugier fast platzte.

»Wohl kaum. Ich habe sie selbst erst vor zwei Monaten kennengelernt, als ich mit Mandy ausgegangen bin.« Pascale spitzte die Ohren. War es etwa doch diese skandalöse Schauspielerin? »Aber ihr habt bestimmt schon von ihr gehört«, fuhr er fort. »Sie verbringt mit Freunden eine Woche in Antibes, und da dachte ich, dass es doch nett wäre, wenn ihr sie kennenlernt.«

»Ist es ...« – Pascale suchte nach den richtigen Worten und war hin- und hergerissen zwischen Neugier und Höflichkeit – »... interessierst du dich für sie, Robert?«

»Wir sind nur Freunde«, antwortete er knapp und wurde plötzlich verlegen, als er merkte, wie interessiert alle zuhörten. »Sie ist Schauspielerin. Gwen Thomas. Letztes Jahr hat sie einen Oscar bekommen.« Diana starrte ihn über den Tisch hinweg mit unverhohlener Missbilligung an. Derzeit kannte sie bei solchen Dingen nicht die geringste Toleranz.

»Was sollte sie hier wollen?«, fragte sie ganz direkt. »Wir sind nicht sonderlich interessant, und das Haus ist eine Katastrophe. Willst du wirklich, dass sie herkommt?« Die beiden Frauen hofften inständig, dass er verneinte. Sie wollten keine Fremde in ihrer Mitte, schon gar nicht diese »Schauspielerin«, die Robert sicher nur ausnutzen würde. Er hatte so lange in einer festen Beziehung gelebt, dass sie ihn in diesen Dingen für naiv hielten und folglich schützen mussten.

»Sie ist unheimlich nett. Ihr werdet sie mögen«, versicherte Robert. Die Männer nickten. Sie waren wirklich gespannt, was sie ihren Frauen gegenüber nie zuzugeben hätten. Doch Diana und Pascale runzelten die Stirn.

»Das hier ist nicht der Rodeo Drive.« Diana versuchte weiterhin, Robert davon abzubringen. Aber es schien ihn nicht zu beeindrucken, dass Diana und Pascale gewisse Vorbehalte hegten.

Pascale konnte sich nichts Schlimmeres vorstellen, als um eine verwöhnte Primadonna herumscharwenzeln zu müssen. So berühmt wie Gwen Thomas war, konnte es gar nicht anders sein, als dass sie sich alptraumhaft aufführte. Sie würde ihnen den ganzen Urlaub ruinieren. Und Roberts Leben womöglich auch. »Wie lange wird sie bleiben?«

»Eine Woche, höchstens anderthalb. Hängt davon ab, wann sie nach L.A. zurück muss. Sie hat Proben für einen neuen Film, möchte sich aber vorher noch ein bisschen ausruhen. Es gefällt ihr hier bestimmt.« Seine Stimme klang beinahe väterlich, beschützend. »Ich glaube, Anne hätte sie gemocht. Sie wären in vielen Dingen einer Meinung, zum Beispiel, was den Geschmack bei Büchern und Filmen angeht.« Pascale sah Robert besorgt an, und Diana überwand sich sogar, Eric einen Seitenblick zuzuwerfen. Die beiden Frauen glaubten keine Sekunde daran, dass es nur »Freundschaft« war. Gwen Thomas war losgezogen, um sich Robert zu schnappen, das stand fest. Und er war naiv genug, sich ausnehmen zu lassen. Den beiden Frauen schien es gänzlich undenkbar, dass Gwen Thomas lautere Absichten haben könnte.

Plötzlich schwiegen alle, und Eric bat um die Rechnung. Jeder bezahlte für sich selbst. John ging die Rechnung akribisch durch, entschlossen, einen Fehler zu finden. Er war felsenfest davon überzeugt, dass Restaurants grundsätzlich versuchten, ihn zu betrügen. Aus diesem Grund ging Pascale nicht gern mit ihm essen. Wenn er endlich damit fertig war, alles nachzurechnen, war jedes Mal die Stimmung im Keller. Aber jetzt war sie wegen Roberts Überraschungsgast derart durch den Wind, dass sie John gar nicht beachtete. Sie konnte es nicht erwarten, mit Diana über alles zu sprechen. Dass Robert diese Frau einlud, fand sie geschmacklos. Für eine neue Beziehung nach Annes Tod war es ihrer Meinung nach noch viel zu früh. Und eine unpassendere Konstellation als er und diese Schauspielerin konnte sie sich nicht vorstellen.

»Wollen wir?«, fragte Robert freundlich, und alle erhoben sich, um zu den Autos zu gehen. Pascale und Diana fuhren mit John und nutzten die Gelegenheit, Pläne zu schmieden, um Robert vor der teuflischen Gwen zu retten.

»Warum gebt ihr dem Mädchen nicht eine Chance und wartet erst mal ab, wie sie wirklich ist?«, schlug John vernünftigerweise vor, was die beiden Frauen aber nur noch wütender machte. Er fragte sich plötzlich, ob die beiden vielleicht eifersüchtig auf Gwen waren, hütete sich aber, das laut auszusprechen.

Zu Hause angekommen wünschten sich alle eine gute Nacht. Mandy schlief bereits. Pascale lag noch lange wach und grübelte über den Albtraum nach, der über sie hereinbrechen würde. Besorgt wandte sie sich John zu.

»Was ist mit den Paparazzi?«, fragte sie ängstlich.

»Was soll mit denen sein?« John hatte nicht die geringste Idee, worauf Pascale anspielte. Ihre Fantasie schien mit ihr durchzugehen.

»Wenn diese Frau herkommt, werden sie wie die Heuschrecken über uns herfallen. Wir werden für den Rest der Ferien keine ruhige Minute mehr haben.« Da war allerdings etwas Wahres dran, das keiner von ihnen bisher berücksichtigt hatte.

»Dagegen werden wir wohl nicht viel ausrichten können. Aber ich denke, sie ist es gewohnt und versteht es, damit umzugehen«, sagte er und klang nicht wirklich besorgt. »Ich muss zugeben, es überrascht mich, dass Robert sie hierher eingeladen hat – wo er doch dich und Diana am Hals hat«, sagte er sichtlich amüsiert.

»Er hat uns nicht am Hals!«, fauchte Pascale. »Wir machen uns lediglich Sorgen um ihn. Wahrscheinlich bleibt sie eh nicht länger als einen Tag, wenn sie erst das Haus gesehen hat«, hoffte sie. »Oder sie geht wieder, wenn sie merkt, dass wir sie durchschaut haben. Robert mag naiv sein, aber wir anderen sind es nicht.«

John lachte laut los.

»Der arme Robert. Er sollte wenigstens wissen, was ihm bevorsteht. Wahrscheinlich werden wir uns immer schwer damit tun, dass es jemand Neues in seinem Leben gibt«, sagte John nachdenklich. »Jeder andere als Anne muss uns wie ein Eindringling vorkommen. Aber er hat das Recht, zu tun, was er möchte. Er ist ein erwachsener Mann und sollte wieder eine Beziehung haben. Er kann doch nicht für den Rest seines Lebens allein bleiben. Und wenn er diese Frau nun mal mag, warum denn nicht? Sie ist attraktiv und jung. Er ist gern mit ihr zusammen. Er hätte wahrlich eine schlechtere Wahl treffen können.«

»Bist du verrückt? Wie viel hast du getrunken? Weißt du denn nicht, was sie ist? Ein kleines Flittchen von Schauspielerin. Wir müssen Robert vor ihr schützen!« Für John klang sie wie Jeanne d'Arc auf dem Kreuzzug.

»Mir ist klar, was du denkst. Ich frage mich nur, ob wir überhaupt das Recht haben, uns einzumischen. Robert weiß sicher verdammt gut, was er tut. Womöglich sind die beiden wirklich nur Freunde, vielleicht liebt er sie aber auch.« Aber sollte er seinen Freund deshalb bedauern? Einer der bekanntesten Hollywoodstars kam ihn besuchen. Und wenn schon sonst nichts, dann war es immerhin aufregender als sein Leben mit Anne.

»Mandy wäre entsetzt, wenn sie davon wüsste.«

»Ich denke nicht, dass du es ihr erzählen solltest«, mahnte John mit fester Stimme. »Es ist Roberts Sache, was er seiner Tochter mitteilt.«

»Sie wird es sowieso herausfinden«, murmelte Pascale unheilvoll.

»Lass ihn ein bisschen Spaß haben nach all dem Kummer

wegen Annes Tod. Wahrscheinlich geht es auch gar nicht um mehr, als einfach nur eine schöne Zeit zu haben«, mutmaßte John. »Irgendwann werden wir jemanden finden, der wirklich zu ihm passt«, erklärte Pascale rigoros.

»Bisher schlägt sich Robert aber nicht schlecht«, erinnerte John sie. »Diese Frau ist ein Knaller, eine der bekanntesten Schauspielerinnen des Landes.«

»Exakt«, sagte Pascale, als habe er ihr in die Karten gespielt. »Und genau *deshalb* müssen wir ihn beschützen«, stieß Pascale leidenschaftlich hervor.

»Armer Robert«, sagte John lächelnd und schlief an Pascale gekuschelt ein.

8

Die restliche Woche ging dahin mit Sonnenbaden, Schwimmen, Segeln und Faulenzen. Manchmal aßen sie im Restaurant, an anderen Tagen hatten sie mehr Lust, selbst zu kochen. Mandy reiste am Samstag ab, einen Tag früher als geplant. Trotz aller Unzulänglichkeiten hatten sie und ihr Vater eine tolle Woche miteinander verbracht. Er hatte ihr gegenüber vage angedeutet, dass er Besuch erwarte, und Mandy war einfach nur froh gewesen, zu wissen, dass ihr Vater von Freunden umgeben war. Sie hatte ihn zwar noch fragen wollen, wer denn eigentlich käme, hatte es aber dann in dem ganzen Tumult ihrer Abreise vergessen. Sie nahm an, dass es ein alter Freund von ihm wäre oder ein Richterkollege. Im Traum hätte sie nicht daran gedacht, dass es eine Frau sein könnte.

Als Pascale und Diana Samstagabend zusammen kochten, war ihnen die Nervosität anzumerken. Gwen würde am nächsten Tag eintreffen, und obwohl Robert sie nur selten erwähnte, war offensichtlich, wie sehr er sich auf ihren Besuch freute. Die anderen schmorten derweil in ihrer Neugier.

Diese Frau lebte in einer völlig anderen Welt als Robert. Im Grunde lebte sie genau die Art Leben, der sie alle misstrauisch gegenüber standen. Sie war geschieden und kinderlos – in Pascales Augen lauter Anzeichen von Egozentrik und Selbstsucht. Diese Frau war zweifelsohne nur mit sich und ihrem Erfolg beschäftigt. Bestimmt konnte sie Kinder nicht ausstehen.

Montagmorgen rief Gwen rief an, um Robert zu sagen, dass sie gegen Mittag mit dem Wagen einträfe. Diana und Pascale waren sicher, dass sie in einer schwarzen Limousine mit Chauffeur vorfahren würde. Sie hatten Marius das Bett in Mandys Zimmer reparieren lassen – er hatte es überraschenderweise doch wieder hinbekommen. Und falls es nicht hielt, wäre das auch nicht so schlimm, sagten sich die beiden Frauen.

Diana und Pascale führten sich auf wie Mädchen im Internat, die darauf aus waren, die »Neue« piesacken zu können.

Robert schien von all dem nichts zu merken. Er hatte sich umgezogen und trug weiße Shorts, ein weißes Sporthemd und Segelschuhe. Mit der Sonnenbräune wirkte er noch attraktiver und jünger.

Pascale wollte nicht mit dem Essen warten. Daraufhin erklärte Robert, er würde lieber nicht mitessen, sondern mit Gwen später nach St. Tropez ins Restaurant fahren, falls sie Hunger hätte. Aber er drängte die anderen, bloß keine Rücksicht auf ihn zu nehmen. Er war gelassen und freundlich wie immer – und hatte nicht den geringsten Schimmer, wie seine Freunde dem Besuch gegenüberstanden. Wahrscheinlich hätte er sonst womöglich darauf verzichtet, Gwen einzuladen.

Es war kurz vor zwölf, und Pascale bereitete gerade das

Mittagessen vor, als sie einen Wagen die Auffahrt entlangholpern hörte. Sie schaute aus dem Küchenfenster und entdeckte einen Twingo. Eine hübsche rothaarige Frau in Jeansminirock, weißem T-Shirt und flachen weißen Sandaletten stieg aus. Trotz der schlichten Kleidung wirkte sie sehr geschmackvoll und gepflegt. Das Haar trug sie zu einem Zopf geflochten. Einen Moment lang dachte Pascale, dass die Frau aussähe wie Mandy – nur hübscher. Sie fragte sich, wer das sein konnte, als ihr schlagartig klar wurde, dass es Gwen sein musste. Aber weit und breit keine Spur von Limousine, Chauffeur oder Paparazzi. Gwen schaute sich suchend um, während sie eine große Strohtasche und einen kleinen Koffer zum Haus trug. Unwillkürlich bat Pascale Marius, hinauszugehen und ihr behilflich zu sein. Während sie ihm nachsah, entdeckte sie Robert, der ebenfalls gerade aus dem Haus trat. Er musste Gwens Eintreffen von einem der oberen Fenster aus beobachtet haben. Wahrscheinlich hatte er wie ein kleiner Junge, der auf seinen Spielkameraden wartet, dort oben ausgeharrt.

Als Gwen Robert erblickte, begann sie zu strahlen. Selbst Pascale musste zugeben, dass dieses Lächeln umwerfend war. Gwens Haut war makellos und ihre Beine schlichtweg beeindruckend. Sie hatte eine beneidenswert gute Figur. Und als die beiden gemächlich in Richtung Haus geschlendert kamen, wirkten sie glücklich und zufrieden. Pascale war so in Gedanken vertieft, dass sie überrascht war, als die beiden plötzlich vor ihr standen. Robert stellte Gwen vor und lächelte sie dabei stolz an.

»Freut mich, Sie kennenzulernen«, log Pascale. »Wir haben schon viel von Ihnen gehört.«

»Ich über Sie auch«, erwiderte Gwen freundlich. »Sie müssen Pascale sein.« Sie reichte Pascale die Hand und schien nicht zu spüren, wie reserviert und kühl die andere Frau ihr begegnete. Gwen war von Natur aus unbekümmert, überhaupt nicht affektiert und überraschend anspruchslos. Sie wollte ihren Koffer selbst nach oben tragen, aber Robert bat Marius, das zu übernehmen. Daraufhin bot Gwen ihre Hilfe beim Kochen an und marschierte schnurstracks zum Waschbecken. Sie wusch sich die Hände und schien davon auszugehen, dass sie Pascale bei den Vorbereitungen unterstützen könnte.

»Ich ... nein ... ist schon gut. Sie brauchen mir nicht zu helfen.« Trotzdem blieben sie in der Küche, und Robert schwärmte Gwen davon vor, was Pascale in diesem Haus bewirkt hatte, damit sie sich alle hier wohlfühlen konnten.

»Im Grunde müssten die Eigentümer uns dafür bezahlen, dass wir hier wohnen«, lautete Roberts Fazit, gerade als John die Küche betrat.

»Ein Vorschlag, den ich sofort unterstütze«, ließ John verlauten und fragte sich, wer die Frau an Johns Seite war. Doch als er Pascales angespannte Miene sah, wurde ihm klar, wen er vor sich hatte. Er hatte Gwen nicht sofort erkannt, und am meisten überraschte ihn, wie natürlich und sympathisch sie wirkte. Dass sie nicht wie 41 aussah, war auch Pascale aufgefallen, die hatte sich jedoch sofort gefragt, ob da nicht mit dem Skalpell nachgeholfen worden war. John musterte sie sehr genau, und es war ihm unmöglich, in ihr den Teufel zu sehen, als den Pascale sie beschrieben hatte.

Zehn Minuten später stand das Mittagessen auf dem

Tisch. Die Morrisons kamen und blieben wie angewurzelt stehen, als sie Gwen entdeckten. Auch sie hatten sich Gwen ganz anders vorgestellt. Aber Gwen kann noch so nett und natürlich wirken, sagte sich Diana, schließlich ist sie Schauspielerin und kann jeden täuschen. Nachdem sie beim Heraustragen des Essens geholfen hatte, setzte sich Gwen zu den anderen an den Tisch. Sie hatte einfach mit angepackt, ohne viel Aufhebens darum zu machen. Robert hatte ihr zwar angeboten, ins Restaurant zu gehen, aber Gwen meinte, sie würde lieber hier bleiben und gemeinsam mit seinen Freunden essen. Sie sagte, Robert hätte ihr so viel vorgeschwärmt, dass sie froh sei, endlich alle kennenzulernen. Pascale und Diana tauschten einen vielsagenden Blick. Die beiden blieben bei ihrer Überzeugung, dass unter der netten Fassade ein Dämon lauerte.

Während des Essens fragte Robert Gwen gut gelaunt, wie es ihr in Antibes gefallen habe. Er schien sich in ihrer Gegenwart sehr wohl zu fühlen. Sie erzählte, dass sie viel gelesen und einfach nur in der Sonne gefaulenzt habe, da sie bei ihrer Ankunft sehr erschöpft gewesen sei.

»Was hast du gelesen?«, hakte er interessiert nach, während die anderen sie nur stumm und mit einer Mischung aus Faszination und Misstrauen beäugten. Nachdem man sie schon oft auf der Leinwand gesehen hatte, empfanden es alle als ein bisschen unwirklich, jetzt mit ihr an einem Tisch zu sitzen. Gwen erzählte, dass sie verschiedene aktuelle Romane gelesen habe und nannte Robert die Titel. Es waren exakt die gleichen Bücher, die auch Pascale und Diana gerade erst verschlungen hatten.

»Wenn ich ein gutes Buch lese, hoffe ich immer, dass es

mal mit mir verfilmt wird. Die meisten Drehbücher sind entsetzlich oberflächlich und langweilig«, fügte sie erläuternd hinzu. Kürzlich habe sie in einer Grisham-Verfilmung mitgespielt. Das habe großen Spaß gemacht. Weder Diana noch Pascale ließen sich anmerken, wie beeindruckt sie waren.

Robert hatte zwei der von ihr genannten Bücher auch gelesen und stimmte mit ihrem Urteil überein. Sie unterhielten sich angeregt darüber, bis Pascale den Kaffee servierte. Eric und John beteiligten sich an dem Gespräch, während ihre Frauen sich sehr zurückhielten. Sie wollten sich nicht von Gwens Charme einlullen lassen, dem die Männer anscheinend schon zum Opfer gefallen waren. Es war ja auch leicht erkennbar, warum Robert sie so schätzte. Gwen war unkompliziert, intelligent und besaß einen feinen Sinn für Humor – und sie war momentan sehr viel umgänglicher als Pascale und Diana. Es war Gwen, die für ein angenehmes Gespräch sorgte, obwohl die beiden anderen Frauen es ihr nicht gerade leicht machten. Sie antworteten sehr einsilbig, wenn überhaupt. Gwen schien es aber nicht zu bemerken.

Als das Essen fast beendet war, sorgte Agathe noch für eine komische Einlage. Laut summend trug sie einen Stapel Handtücher vor sich her in die Küche. Gefolgt von einem der Pudel, der hinter ihr hertänzelte, verschwand sie genauso schnell wieder, wie sie gekommen war. Gwen starrte ihr nach, während Agathe im Takt der Musik davonwackelte. Sie trug mit Leopardenmuster bedruckte Shorts, ein Strass besetztes Bikini-Oberteil und ihre geliebten knallroten Satin-Stilettos.

»Was war denn das?«, flüsterte Gwen Robert zu, nachdem Agathe fort war. »Sie sah aus wie aus dem *Käfig voller Narren* entsprungen.«

Unwillkürlich mussten die anderen lachen.

»*Das* war Agathe«, antwortete Robert grinsend und amüsierte sich köstlich über Gwens treffenden Vergleich. Eines der Dinge, die er an Gwen so liebte, war, dass sie ihn zum Lachen brachte, denn das hatte er lange Zeit nicht gekonnt. »Sie ist die Haushälterin«, erklärte er belustigt. »Normalerweise trägt sie eine schwarze Dienstmädchenuniform mit weißer Schürze, aber heute hat sie sich extra für dich in Schale geworfen«, zog er Gwen auf. Seine Freunde sahen ihn überrascht an. Robert war sonst immer so ernst, manchmal geradezu trübsinnig. Und jetzt erlebten sie ihn auf einmal locker und heiter wie nie zuvor. Pascale fand, dass er sich zum Idioten machte, während Diana darüber grübelte, ob Gwens Haarfarbe wohl echt war. Es war ein auffallendes Rot, das durchaus natürlich sein konnte. Gwen war tatsächlich einer der wenigen echten Rotschöpfe Hollywoods, mit großen, haselnussbraunen Augen und zartem Teint, ohne eine einzige Sommersprosse. Ihr gutes Aussehen konnte man ihr natürlich neiden und sogar übelnehmen – wenn man es denn darauf anlegte.

»Und sie kann sogar mit Putzlappen und Staubsauger umgehen?« Gwen war immer noch fasziniert von Agathe, während Robert lachend den Kopf schüttelte. Er war auffallend gut gelaunt, wie auch bereits an den vergangen Tagen, und Diana fragte sich jetzt, ob das an der Vorfreude auf diesen Besuch gelegen hatte. Er sah eindeutig nicht mehr so niedergeschlagen aus wie in den letzten Monaten.

»Pascale sagt, dass sie ganz schön mit anpacken kann«, wusste Robert über das Hausmädchen zu berichten. »Ihrem Mann bist du ja schon begegnet. Er trinkt ganz gern einen, ist aber ansonsten in Ordnung. Die beiden gibt es zusammen mit dem Haus in einem Paket«, fügte er erklärend hinzu, und Gwen lachte.

»Was ist heute Nachmittag geplant?«, fragte Diana und sah der Reihe nach jeden einzelnen an. Für den Fall, dass alle ein Mittagschläfchen halten wollten, hatte sie sich vorgenommen, sich im Flur zu platzieren und irgendeine Beschäftigung vorzutäuschen. Sie war wild entschlossen, Roberts Tugend zu verteidigen, und das Mindeste, was sie tun konnte, war, es den beiden möglichst schwer zu machen. Das war sie Anne nun mal schuldig.

»Ich würde gern ein bisschen durch St. Tropez bummeln und Einkäufe erledigen, falls niemand etwas dagegen hat.« Gwen hatte Robert in einem früheren Gespräch gestanden, dass sie wahnsinnig gern Shoppen ging und so selten Gelegenheit dazu fand.

»Ich begleite dich«, beeilte er sich zu sagen, woraufhin die anderen ihn sprachlos ansahen. Es war immer ein offenes Geheimnis gewesen, dass er Einkaufsbummel hasste. So wie Anne auch. Er schien plötzlich ein anderer Mann zu sein.

»Segeln Sie gern?«, fragte Pascale Gwen, in der Hoffnung, sie bloßstellen zu können.

»Ich liebe es«, gestand Gwen und wandte sich Robert zu. »Würdest du lieber segeln?« Sie sah ihn zärtlich an.

»Wir können doch beides machen«, schlug er vor. »Lass uns zuerst nach St. Tropez fahren.«

»Ich hol nur schnell meine Handtasche.« Mit diesen Worten verschwand Gwen rasch nach oben in ihr Zimmer. Robert lächelte seine Freunde glücklich an. Er hatte keinen Schimmer von den Gefühlen, die Diana und Pascale seiner Freundin entgegenbrachten.

»Sie ist sehr nett, nicht wahr?« Er war so glücklich, seine Freude mit den anderen teilen zu können!

»O ja«, presste Pascale zwischen den Zähnen hervor und erntete dafür einen mahnenden Blick ihres Mannes.

John war der Meinung, dass Diana und Pascale weit genug gegangen seien und einsehen mussten, dass Robert und Gwen gut miteinander klarkamen. Und wenn man seine Meinung dazu hören wollte, so stimmte er Robert zu. Glücklicherweise schien Robert überhaupt nicht zu merken, wie feindselig Diana und Pascale waren. Er bewunderte Gwen so sehr, dass er sich einfach nicht vorstellen konnte, andere seien weniger von ihr beeindruckt.

Robert verabschiedete sich von seinen Freunden und verließ gemeinsam mit Gwen das Haus. Kurz darauf hörten alle seinen Mietwagen davonfahren. Wie auf Knopfdruck sahen die beiden Männer ihre Frauen vorwurfsvoll an.

»Was haltet ihr zwei davon, etwas höflicher zu sein, wenn die beiden von ihrem Einkaufsbummel zurückkommen? Sie scheint wirklich nett zu sein, und sie ist Roberts Gast«, wandte sich Eric an die Frauen, und John nickte zustimmend.

»Sie hat dich ja mächtig schnell eingewickelt«, stieß Diana bissig hervor und spielte damit auf sein kürzlich erfolgtes Abweichen vom ehelichen Treuepfad an. »Ich wusste gar nicht, dass du auf Rothaarige stehst. Aber es scheint ja ohnehin eine Menge zu geben, was ich nicht von dir weiß.« Das war ein klarer Schlag unter die Gürtellinie, und Eric wirkte nicht glücklich. Aber er behauptete sich ganz gut.

»Das ist jetzt nicht unser Thema. Ich an Gwens Stelle würde gar nicht erst auspacken, sondern schnurstracks ins nächste Hotel marschieren, statt mir euer Benehmen gefallen zu lassen. Sie ist nicht verpflichtet, hier zu bleiben, und tut es lediglich Robert zuliebe – weil er ihr etwas bedeutet. Es ist nicht ihr Fehler, dass seine Freunde nicht über Annes Tod hinwegkommen. Mit wem er sein Leben teilen will, ist ganz allein Roberts Entscheidung. Wir haben uns da nicht einzumischen.«

»Sie ist Schauspielerin«, führte Pascale ärgerlich an. »Sie kann jedem alles vormachen, dir, John, Robert … Er kennt sie doch gar nicht.«

»Vielleicht besser, als wir denken, Pascale. Robert ist kein Dummkopf. Er ist ein erwachsener, intelligenter Mann. Und sie ist nicht nur eine schöne Frau, sondern muss auch ein prima Kumpel sein, wenn sie bereit ist, uns zu ertragen. Ich an ihrer Stelle könnte das nicht. Ich hätte schon nach der Hälfte des Mittagessens gesagt, wir sollten uns alle zum Teufel scheren, und wäre gegangen. Ihr zwei habt ja kaum den Mund aufbekommen. Es gibt sicher jede Menge Leute, die sich freuen würden, mit Gwen an einem Tisch zu sitzen. Sie hat es nicht nötig, sich von uns das Leben schwer machen zu lassen. Wir wär's also, wenn ihr euch ab jetzt zusammenreißt?« Er hatte noch nie erlebt, dass sich die beiden so aufführten. John war ganz seiner Meinung.

»Eric hat recht. Wenn wir unfreundlich zu ihr sind, tun

wir Robert damit mindestens genauso weh. Warum lassen wir ihn nicht selbst herausfinden, was er möchte?« Davon abgesehen, fand er Gwen wesentlich netter, als er Pascale gegenüber zugeben wollte. Er mochte es, wie Gwen seine Freunde behandelte: respektvoll, höflich, entgegenkommend und mit Humor. Sie hatte so etwas Grundanständiges und Einfühlsames an sich, dass ihm das Benehmen der Frauen genauso peinlich war wie Eric.

»Was ist los mit euch beiden?« Diana wollte einfach nicht von ihrer Überzeugung abrücken. »Nur weil sie hübsche Beine hat und einen Minirock trägt, verliebt ihr euch sofort in sie. Sie ist zweiundzwanzig Jahre jünger als Robert, und er macht sich zum Idioten. Und was glaubt ihr wohl, wie lange diese Geschichte halten wird? Es muss doch nur ein attraktiver junger Schauspieler daherkommen, und schon lässt sie Robert fallen. Es würde ihm das Herz brechen, wenn er sich bis dahin in sie verliebt hätte.«

»Das hat er vielleicht schon – und sie sich auch in ihn. Warum lassen wir ihn nicht einfach machen? Und selbst, wenn es nicht lange hält, was wäre denn so schlimm daran, ein bisschen Spaß zu haben? Eines Tages könnte er voller Stolz seinen Enkelkindern davon erzählen, einen Sommer lang mit einer berühmten Schauspielerin liiert gewesen zu sein. Es gibt wahrlich Schlimmeres. Viel Schlimmeres sogar«, sagte Eric mit Seitenblick auf seine Frau. »Er ist ein allein stehender Mann und schuldet niemandem Rechenschaft, uns schon gar nicht. Was für ein Recht haben wir, uns ihm in den Weg zu stellen?«

»Denken eigentlich alle Männer nur mit einem bestimmten Körperteil?«, erwiderte Diana spitz auf die Worte ihres Mannes. »Ich habe schon verstanden. Sie ist hübsch. Keine Frage. Aber wir wissen nichts von ihr, und Robert sicher auch nicht. Ich möchte einfach nicht, dass er sich zum Narren macht oder verletzt wird, weil so eine Hollywoodlady ihn über den Tisch zieht.«

»Wie denn eigentlich?«, hakte Eric nach. »Was sollte sie denn von ihm haben wollen? Sie verdient wahrscheinlich mehr als jeder von uns. Es würde ihr keine Vorteile verschaffen, mit ihm zu schlafen – er kann ihr sicher nicht zu einer Traumrolle in irgendeinem Film verhelfen. Er könnte nicht einmal ihre Strafzettel heimlich verschwinden lassen. Wenn es ihr nicht um ihn ginge, würde sie in einem Fünf-Sterne Hotel absteigen, wo das Bett nicht unter ihr zusammenbricht und wo die Klospülung funktioniert, das Zimmermädchen ihr keinen Zigarettenqualm ins Gesicht bläst und vier Leute sie schlecht behandeln, weil sie angeblich einen Mann vor ihr beschützen wollen, der nicht mehr will, als mit ihr zusammen zu sein. Wie genau will sie also eurer Meinung nach von dieser Beziehung profitieren?« Den beiden Frauen fiel kein Gegenargument ein, wenn sie auch nicht gewillt waren, zuzustimmen. Nur John nickte.

»Und wenn er sie heiratet?«, startete Pascale einen neuen Versuch. »Was dann?«

»Warum zerbrechen wir uns darüber nicht den Kopf, wenn es soweit ist?«, mischte sich John ein, und Eric lachte plötzlich laut auf.

»Ich erinnere mich noch an unser erstes gemeinsames Dinner mit dir, Pascale. Du sprachst so gut wie kein Englisch, kamst eine Stunde zu spät und hattest ein so enges schwarzes Satinkleid an, dass du kaum Luft bekamst. Und zu allem Überfluss warst du auch noch Ballerina, was in den Augen mancher Leute nicht viel besser ist als Schauspielerin. Anne und Diana waren dir gegenüber ganz schön misstrauisch, aber sie haben es überwunden. Sie fingen sogar an, dich sehr zu mögen … wir alle gaben dir eine Chance. Warum kannst du nicht das Gleiche für Gwen tun?« Plötzlich herrschte Stille im Raum, während Eric Pascale wartend anschaute. Sie zögerte, und schüttelte dann den Kopf. Aber er hatte einen Treffer gelandet, das spürte sie deutlich. Als sich John damals in sie verliebte, war sie eine ängstliche, nervöse, ständig Diät haltende Ballerina gewesen – und niemand hatte ihr aus all dem einen Vorwurf gemacht. Jetzt war die Lage etwas komplizierter, weil sie Anne so sehr geliebt hatten. Aber Anne war nicht mehr da, und Robert wollte Gwen. Indem er sie eingeladen hatte, bewies er seinen Freunden gegenüber Vertrauen, und sie missachteten dieses Vertrauen durch ihre Unfreundlichkeit.

Diana beharrte immer noch auf ihrer Meinung. Während die beiden Frauen gemeinsam das Geschirr in die Spüle stellten, dachte sie daran, dass Gwen doch nur ein weiterer Rock war, hinter dem Eric her sein konnte. Und Johns Meinung interessierte sie nicht. Sie haderte momentan mit so ziemlich jedem, und Gwen war im Grunde nur ein weiteres Opfer, an dem sie ihren Ärger auslassen konnte.

Die beiden Männer waren in den Garten gegangen, um nach dem Essen eine Zigarre zu rauchen. Diana räumte noch ein wenig die Küche auf, und Pascale leistete ihr dabei Gesellschaft. Nachdem sie beide eine Weile lang geschwiegen hatten, sah Pascale ihre Freundin schließlich fragend an.

»Was meinst du?«

»Es ist zu früh, um sie durchschauen zu können«, erklärte Diana stur. Pascale nickte, aber insgeheim waren ihr doch erste Zweifel gekommen. Eric hatte ein paar sehr richtige Dinge gesagt.

In dem Wagen, der nach St. Tropez unterwegs war, fand gerade ein ähnliches Gespräch statt.

»Bist du sicher, dass deine Freunde nichts gegen meinen Besuch haben, Robert? Ich komme mir vor wie ein Eindringling. Ihr kennt euch alle schon seit Jahren, und jetzt tauche ich plötzlich auf – in Überlebensgröße. Das muss für sie eine ziemliche Belastung sein.« Im Gegensatz zu ihm hatte sie das Unbehagen seiner Freunde während des Mittagessens deutlich gespürt. Gänzlich hatte er es auch nicht übersehen können, es sich aber damit erklärt, dass eine Berühmtheit wie Gwen die anderen wahrscheinlich einschüchterte. Das sagte er ihr auch. Gwen lächelte. Sie wusste genau wie Diana und Pascale, dass Robert wirklich etwas Unschuldiges an sich hatte, und genau das liebte sie an ihm. Er sah oft in allem nur das Gute, was die Dinge sehr vereinfachen konnte. »Ich glaube, diese Situation ist für deine Freunde schwieriger, als du ahnst. Dich an der Seite einer anderen Frau zu sehen, ist eine große Veränderung.«

»Für mich auch«, erwiderte er und wirkte plötzlich sehr ernst. Er musste an Anne denken. Aber er wollte sich nicht wieder in diesem Kummer vergraben. Wie traurig er auch sein mochte – das würde sie nicht zurückbringen. »Aber wir müssen uns eben alle umstellen.« Er sah Gwen forschend an. »Ich möchte nur nicht, dass es für dich eine Zumutung ist. Haben sie dich unfreundlich behandelt?« Er fragte sich besorgt, ob ihm vielleicht etwas entgangen war.

»Natürlich nicht. Ich habe nur eine unterschwellige Reserviertheit gespürt. Allerdings habe ich das erwartet und komme damit zurecht. Ich möchte nur nicht, dass dein Verhältnis zu deinen Freunden leidet.«

»Sie sind für mich wie meine Familie, Gwen. Wir haben in all den Jahren viel miteinander erlebt und geteilt. Ich wünsche mir sehr, dass sie dich besser kennenlernen und genauso zu schätzen wissen wie ich.« Und so würde es auch kommen, dachte er. Gwen war da längst nicht so sicher.

»Du musst ihnen Zeit lassen«, lautete ihr kluger Rat, als sie St. Tropez bereits erreicht hatten und nach einem Parkplatz Ausschau hielten. »Vielleicht brauchen sie etwas länger, als du denkst.« Vorausgesetzt, sie gaben ihr überhaupt eine Chance. Gwen schloss nicht aus, dass die anderen dazu womöglich nie bereit sein würden. Im Gegensatz zu Robert war sie nicht davon überzeugt, dass seine Freunde sich zwangsläufig an die Veränderung gewöhnen und sie dann willkommen heißen würden.

»Du kennst meine Freunde nicht. Vertrau mir, Gwen. Noch bevor heute Abend das Essen vorbei ist, werden sie in dich verliebt sein. Wie sollte man dich nicht lieben?«

»Ich bin nicht Anne«, antwortete sie mit sanfter Stimme. »In ihren Augen ist das der Hauptgrund, der gegen mich spricht. Und dann bin ich auch noch Schauspielerin … lebe in Hollywood … Sie werden in jedem Fall misstrauisch sein, vor allem, wenn sie hin und wieder in die Regenbogenpresse schauen. Glaube mir, ich habe da Erfahrung. Die Leute hassen dich so lange, bis sie dich besser kennenlernen – wenn es dazu kommt. Ich bin schuldig, bis das Gegenteil bewiesen ist, und nicht umgekehrt.«

»Nicht in meinem Haus und bei meinem Freunden«, erklärte Robert zuversichtlich. Gwen lächelte ihn wissend an und beugte sich herüber, um ihn auf die Wange zu küssen. Sie würde ihn nicht mit aller Gewalt vom Gegenteil überzeugen wollen. Aber sie hatte die Reserviertheit der anderen gespürt, und sie kannte dieses Phänomen. Sie hatte das wieder und wieder durchgemacht. Manchmal konnte es ganz schön wehtun und enttäuschend sein. Sie würde sich diesmal nicht aufdrängen, sondern darauf setzen, dass sie mit der Zeit akzeptiert wurde. Davon abgesehen war es noch viel zu früh, um einschätzen zu können, wie es mit ihr und Robert weiterging.

Er hatte endlich einen Parkplatz gefunden und stellte den Motor ab. Dann legte er den Arm um Gwen und küsste sie. »Nun, Miss Thomas, sollen wir durch die Boutiquen ziehen?«

»Klingt verlockend, Euer Ehren.« Sie lächelte ihn verliebt an und war plötzlich einfach nur froh, sich zu diesem Besuch entschlossen zu haben – auch wenn seine Freunde ihre Begeisterung nicht teilten.

»Glaubst du, dass die Leute dich erkennen?«

»Wahrscheinlich. Kannst du damit leben?«, fragte sie leicht besorgt. Wenn man nicht daran gewöhnt war, konnte es manchmal erdrückend sein. Und für Robert war es eine fremde Welt. Auch das mochte sie an ihm. Mit ihm zusammen zu sein hatte so etwas Reales, Wahrhaftiges.

»Vermutlich sollte ich mich besser schnell daran gewöhnen.« Ihr Ruhm bedeutete ihm nichts, er liebte nicht den Star, sondern den Menschen. »Auf geht's«, sagte er und stieg aus. Sie waren kaum zehn Meter gegangen, da wurde Gwen bereits um ein Autogramm gebeten. Robert wartete lächelnd, bis Gwen ihren Namen auf ein Stück Papier geschrieben hatte. Zwei Minuten später baten zwei junge Männer sie um ein gemeinsames Foto. Sie handhabte solche Situationen großartig, bemüht, sie nicht unnötig in die Länge zu ziehen. Das gehört wohl dazu, dachte Robert.

Sie hatten trotzdem ihren Spaß beim Shoppen. Anschließend tranken sie in einem Straßencafé ein Glas Wein. Wie immer gingen ihnen die Gesprächsthemen nicht aus, und sie lachten viel.

Sie sprachen über alles Mögliche, seine Arbeit, ihre Filme, ihre Träume, seine Kinder und ihre Kindheit. Er wusste, dass sie ursprünglich Lehrerin hatte werden wollen und nie daran gedacht hatte, zum Film zu gehen, ganz davon zu schweigen, irgendwann einen Oscar zu bekommen. Sie hatte ihm erzählt, wie das für sie gewesen war, was es ihr bedeutete und wie schwierig es sei, seitdem immer Rollen finden zu müssen, die entsprechend anspruchsvoll waren.

»Manchmal muss man einfach tun, wozu man Lust hat. Nicht jeder Film kann einem wieder einen Oscar bringen«, erklärte Gwen pragmatisch und erzählte ihm, was sie als Nächstes drehen würde und wer alles mitspiele. Es war ein Krimi, und die männliche Hauptrolle war mit jemandem besetzt, der noch berühmter war als sie. Das erinnerte sie an etwas, was sie John unbedingt noch erzählen wollte.

»Freunde von mir sind gerade hier in der Gegend. Sie sind mit der *Talitha G* unterwegs, der Yacht von Paul Getty.« Robert hatte schon von dem Boot gehört, es jedoch noch nie gesehen. Es war eine klassische Motoryacht mit unvorstellbar eleganter Innenausstattung: viel Marmor und

Antiquitäten. Gwens Freunde hatten das Boot für zwei Wochen zu ihrer Verfügung, und sie fragte sich, ob Roberts Freunde es sich gern ansehen würden. »Ich wollte keine Einladung aussprechen, bevor ich deine Meinung dazu kenne.«

»Klingt spannend«, sagte er ganz ehrlich. »Dieses Boot würde mich in der Tat interessieren. Ich habe vor einer Weile einen Artikel darüber gelesen und ihn damals Anne gezeigt. Sie war zwar eher ein Segelboot-Fan, aber trotzdem beeindruckt. Auf den Fotos sah es umwerfend aus.«

»Das ist es auch. Als ich es letztes Jahr zum ersten Mal sah, überlegte ich sofort, es zu chartern – aber ich fand es ein bisschen protzig für mich allein und vielleicht ein paar Schauspielerkollegen.«

»Ich glaube, die anderen werden von der Idee begeistert sein«, versicherte Robert. Daraufhin gestand sie ihm, wer ihre Freunde waren, die dieses Boot gechartert hatten, und Robert lachte. »Unsere Damen werden in Ohnmacht fallen, wenn du ihnen das erzählst«, schmunzelte er. Gwens Leben war so ganz anders als seines! Sie gehörte zu einer Welt, die ihnen allen fremd war. Sie kannte Leute und warf mit Namen um sich, die die meisten Menschen nur aus Filmen oder der Zeitung kannten. Der Schauspieler, der die Yacht gemietet hatte, besaß internationales Renommee. Es war Henry Adams, der Star vieler Filme, verheiratet mit einem bekannten Top-Model. Außer ihnen waren noch zwei andere Filmstars auf der Yacht, Gäste von Henry.

»Es sind alte Freunde von mir und sehr nett«, erzählte Gwen lächelnd. »Vielleicht hätten deine Freunde ja Lust, sie kennenzulernen.«

»Einer solchen Gelegenheit werden sie wohl kaum widerstehen können«, antwortete er mit breitem Grinsen.

»Sobald wir zurück im Haus sind, werde ich auf dem Boot anrufen.«

»Meinst du, sie hätten auch Lust, mal in die Villa zu kommen?«

»Und ob, sie werden begeistert sein.« Gwen hatte mit all diesen Leuten während der letzten fünf Jahre gedreht. Das machte Robert wieder einmal bewusst, wie erfolgreich sie in ihrem Beruf war.

Nachdem sie wieder in der Villa angekommen waren, nahm er Gwen mit zum Segeln. Sie war keine Expertin wie Anne es gewesen war, aber sie stellte sich sehr geschickt an und beschwerte sich nicht einmal, als sie bei einer scharfen Wende über Bord ging. Sie lachte, als Robert sie zurück ins Boot zog. Und er drehte sich schnell weg, als sie bei der Aktion beinahe ihr Bikinioberteil einbüßte. Er wollte sie nicht in Verlegenheit bringen, hatte aber genug gesehen, um mehr als nur ein bisschen von ihrer Figur beeindruckt zu sein.

Sie verbrachten den Rest des Nachmittags auf dem Boot, und als sie zurück zur Villa kamen, hatten Diana und Pascale bereits angefangen, das Abendessen vorzubereiten. Mehr als ein kurzes Hallo konnten sie sich gegenüber den beiden Seglern nicht abringen.

»Möchtest du lieber ausgehen?«, fragte Robert Gwen leise. Ihr Haar war nass, und sie hatte sich in ein großes Badetuch gewickelt.

»Nein, ich habe Lust, hier zu essen. Wir können ein anderes Mal ausgehen. Ich werde Henry gleich anrufen. Vielleicht könnten wir morgen Abend zum Dinner auf die Yacht gehen, falls es den anderen recht ist. Henry hat mir erzählt, dass er einen tollen Koch an Bord hat und das Essen köstlich sei.«

»Ich glaube, auf dieser Yacht und in Gesellschaft all der berühmten Leute würden sie nicht einmal merken, wenn sie Hundefutter vorgesetzt bekämen«, flüsterte er ihr ins Ohr, während sie in der Speisekammer nach einem Snack suchten und auf Erdnüsse stießen. Gwen nahm sich noch eine Flasche Mineralwasser mit.

»Ich bin in ein paar Minuten wieder da und werde mithelfen«, versprach sie Pascale und Diana, als sie auf dem Rückweg durch die Küche wieder an den beiden vorbeigingen. Aber Pascale lehnte dankend ab und versicherte, dass sie schon zurechtkämen. In dem Moment wurde Robert klar, dass Gwen recht hatte. Er hatte noch nie zuvor erlebt, dass sich Pascale und Diana so verhielten. Kühl, fast schon feindselig führten sich die beiden auf, was ihm um Gwens willen mächtig zusetzte.

Robert und Gwen gingen nach oben. Sie verschwand in ihr Schlafzimmer, um sich umzuziehen. Drinnen angekommen, setzte sie sich aufs Bett – das auf der Stelle zusammenbrach. Gwen lachte laut auf. Die Situation kam ihr vor wie eine perfekte Filmszene.

Sie eilte hinüber zu Roberts Zimmer und klopfte an seine Tür. Er öffnete und hatte nur ein Handtuch um die Hüften gewickelt, da er gerade im Begriff gewesen war, unter die Dusche zu gehen. »Ich glaube, die beiden haben mein Bett angesägt«, flüsterte sie ihm zu. Er schmunzelte.

»Nein, das ist letzte Woche auch schon passiert. Ich werde Marius Bescheid sagen, damit er es erneut repariert. Tut mir echt leid, Gwen«, versicherte er mit ehrlichem Bedauern. Er hatte sich so sehr gewünscht, dass sie ein paar schöne Tage verbrachte, und bekam langsam Zweifel, ob das gelingen würde. Aber Gwen schien alles locker zu sehen – sogar das Verhalten seiner Freunde. Allerdings war ihr auch bewusst, dass sie sich nicht aus Boshaftigkeit so aufführten, sondern weil sie sich Sorgen um Robert machten.

Robert eilte nach unten, um Marius zu suchen, und Gwen ging duschen. Als sie in einem pinkfarbenen Frotteebademantel, den sie im Ritz gekauft hatte, aus ihrem Bad trat, war das Bett schon wieder repariert, und Robert in sein eigenes Bad zurückgekehrt, um ebenfalls zu duschen. Zwanzig Minuten später trafen sie sich, ohne dass es abgesprochen gewesen wäre, auf dem Flur und konnten gemeinsam hinuntergehen. Gwen trug zartgelbe Seidenhosen mit einem passenden, ärmellosen Seidenpullover, einen geblümten Schal über den Arm und goldene Sandaletten. Dazu hatte sie nur einen Hauch Make-up aufgelegt. Sie wirkte gar nicht wie ein Filmstar, sondern war einfach nur eine schöne Frau.

»Du sieht wundervoll aus«, raunte Robert ihr zu und atmete den zarten Duft ihres Parfums ein. Es war leicht, mit einer blumigen Note und sehr sexy. Für den Bruchteil einer Sekunde dachte er sehnsüchtig an Anne, aber dann sagte er sich, dass das eine nichts mit dem anderen zu tun habe. Sie fehlte ihm nun mal, und wie umwerfend Gwen auch sein mochte, sie war natürlich nicht Anne. Trotzdem war er gern mit ihr zusammen und genoss jede Minute. Sich das hin und wieder klar zu machen, war sehr hilfreich für sein Gefühlsleben.

Er folgte Gwen die Treppe hinunter und bis in die Küche. Eric war dort, trank ein Glas Wein und unterhielt sich mit Pascale. Diana war nach oben gegangen, um sich umzuziehen. John hielt sich draußen auf. Er rauchte eine Zigarre und fotografierte den Sonnenuntergang.

»Wie kann ich helfen?«, fragte Gwen freundlich, während Robert ihnen Wein einschenkte und ihr ein Glas reichte. Pascale wirkte angespannt. Tatsächlich hatte sie sich in eine schwierige Situation manövriert. Wenn sie anfing, Gwen zu mögen, kam ihr das wie ein Betrug an Diana vor.

»Ist alles schon fertig«, sagte sie kurz angebunden. Um ihre harsche Reaktion ein wenig zu überspielen, begann Robert, von der Yacht zu erzählen, die Gwens Freunde gemietet hatten, und dass sie dorthin eingeladen seien. »Boote sind nichts für mich«, erklärte Pascale rasch und schob ein Blech mit Kartoffeln in den Backofen. Ihre Reaktion bestätigte Robert endgültig, dass Gwen richtig vermutet hatte.

»Aber dieses wird dir gefallen«, versicherte er Pascale und rückte mit den restlichen Details heraus. Eric hörte fasziniert zu. Mitten im Gespräch betrat John den Raum. Er warf Gwen einen bewundernden Blick zu, den sie lächelnd erwiderte – was von Pascale nicht unbemerkt blieb.

»Was für ein Boot?«, fragte John, während er den Fotoapparat auf den Tisch legte und das Glas Wein annahm, das Eric ihm reichte. »Wollen wir ein Boot chartern? Wir haben doch schon eins.« Die anderen lachten schallend. John hatte unbeabsichtigt einen Witz gemacht, da er nicht wusste, womit er »ihr« Boot gleichsetzte. »Dafür müssen wir nicht auch noch Geld ausgeben«, erklärte John gespielt streng, da er annahm, sie würden sich wie immer über seine Sparsamkeit amüsieren. Währenddessen konnte er den Blick nicht von Gwen abwenden.

»Wir hatten eigentlich in Erwägung gezogen, eins zu kaufen«, erklärte Robert schlagfertig und sah zu seinem größten Vergnügen, wie John unter der Bräune blass wurde.

»Hier? In Frankreich? Wozu? Seid ihr verrückt geworden?« Dann merkte er plötzlich, dass Robert ihn nur aufzog. »Schon gut, ich hab's kapiert. Um was für ein Boot geht es denn nun?« Robert klärte ihn auf, und während er noch damit beschäftigt war, betrat Diana die Küche. Sie trug weiße Freizeithosen und eine sommerlich bunte Bluse. Robert erzählte gerade, wer alles an Bord sein würde, und wen sie am nächsten Tag zum Abendessen erwarteten – dank Gwen.

»Du nimmst uns auf den Arm, stimmt's?«, fragte Diana mit einer Mischung aus Verärgerung und Faszination. Interessant klang das in jedem Fall.

»Tue ich nicht«, widersprach Robert stolz. Gewisse Dinge an Gwens Leben fand er durchaus reizvoll. Seine Freunde mit drei Weltstars und einem Top-Model bekannt machen zu können, war eines davon.

Er lächelte Gwen an, die die Adams bereits angerufen und ihnen ihren Besuch angekündigt hatte. Tagsüber konnten sie alle gemeinsam mit der Yacht herumschippern, und abends dann vor St. Tropez ankern. Diana und Pascale waren sprachlos. Es war schwer, an einer solchen Einladung etwas auszusetzen. Tatsächlich begannen alle, angeregt darüber zu sprechen, wobei sie vergaßen, Gwen mit einzubeziehen, geschweige denn, ihr zu danken. Aber Robert dachte daran und holte es nach, als sie beide später noch einen Spaziergang durch den Garten machten. John und Eric hatten sich während des Essens wirklich um Gwen bemüht, während Pascale und Diana nach wie vor nicht aufgetaut waren. John hatte sich sogar richtig lange mit Gwen unterhalten, trotz der wütenden Blicke von Pascale. Als schließlich der Kaffee serviert wurde, stand Johns Meinung endgültig fest: Er mochte Gwen. Und Gwen war ihm dankbar für sein Entgegenkommen. Mit Ausnahme von Robert verhielt er sich in diesem Kreis ihr gegenüber am nettesten. Auch Eric hatte ihr ein paar Fragen über ihre Arbeit gestellt, was aber sofort dazu führte, dass Diana noch mehr auf Distanz ging.

Es tat gut, nach dem Essen draußen noch ein bisschen frische Luft zu schnappen. Gwen ließ sich aufatmend in einen der Gartenstühle fallen, die Pascale hatte streichen lassen.

»Tut mir leid, wie sich die Frauen dir gegenüber aufführen. Du hattest wohl recht mit dem, was du heute Nachmittag gesagt hast«, räumte Robert ein. Er wusste nicht, was er dagegen tun konnte. Aber es war schließlich der erste Tag, und er hoffte, dass es mit der Zeit besser wurde. Der Feldzug der beiden Frauen kam ihm lächerlich vor und er fand ihn nicht nachvollziehbar. Gwen schon. Sie erlebte das nicht zum ersten Mal. Die Eifersucht anderer auf ihr gutes Aussehen und ihren Erfolg war Bestandteil ihres Lebens geworden.

»Es wird besser werden«, antwortete sie ganz sachlich. »Der Ausflug morgen mit dem Boot wird sie ein bisschen ablenken.« Sie kamen sich vor, als müssten sie eine Horde Kinder bändigen, in dem sie sie bei Laune hielten.

»Damit habe ich im Leben nicht gerechnet«, sagte Robert deprimiert. »Ich verstehe einfach nicht, was in ihren Köpfen vorgeht. Warum sind sie so abweisend zu dir?«

»Sie wollen dich beschützen«, erklärte Gwen weise. »Sie hegen jede Menge Vorurteile über mich und denken, ich wolle dir etwas nehmen. Aber das wird sich legen.«

»Können sie denn wirklich so verbohrt sein?«, fragte Robert ungläubig, und Gwen nickte. »Aber warum? Du könntest wohl kaum noch netter zu ihnen sein.«

»Das hat damit nichts zu tun, und das weißt du auch. Sie wahren Annes Andenken auf die einzige Weise, die ihnen plausibel scheint. Gleichzeitig wollen sie um jeden Preis dafür sorgen, dass du glücklich wirst. Und ich bin für sie eine Hexe aus Hollywood. Denk mal drüber nach.«

»Ich kann nur hoffen, dass sie schnell erwachsen werden«, sagte er ärgerlich. Dann hatte er plötzlich eine Idee.

»Hättest du Lust, tanzen zu gehen?«

Sie dachte kurz nach, lächelte dann und nickte. »Wahnsinnig gern. Glaubst du, die anderen möchten auch mitkommen?«

»Ich habe nicht vor, sie zu fragen«, sagte er geradeheraus und ein bisschen trotzig. »Du hast es verdient, ein bisschen Spaß zu haben – ohne irgendwelche Leute, die dich grundlos piesacken.«

»Ich möchte nur nicht ihre Gefühle verletzten«, gab Gwen zu bedenken.

»Lass uns heute Abend nur über deine und meine Gefühle nachdenken. Um die anderen kümmern wir uns morgen wieder.« Sein Vorschlag rührte sie. Dieses Mal nahmen sie den Twingo, und Gwen saß am Steuer. Sie fuhren weg, ohne den anderen Bescheid zu sagen, aber die Morrisons und Donnallys hörten natürlich den Wagen die Auffahrt hinunterholpern. Sie saßen gemeinsam im Wohnzimmer und sprachen mehr oder weniger missmutig über Gwen.

»Ich finde sie nett«, sagte John frei heraus und war willens, sie vor den anderen zu verteidigen. »Sie ist eine sympathische Frau.« Er warf Pascal einen vorwurfsvollen Blick zu.

»Was erwartest du? Sie ist Schauspielerin.« Pascale starrte ihren Mann wütend an. Er lief zur anderen Seite über, und das nahm sie ihm übel. Aber gleichzeitig war sie selbst hin- und hergerissen. Noch überwog jedoch ihre Überzeugung, dass es Anne gegenüber unloyal wäre, Gwen zu mögen. Sie schuldete es Anne zumindest, nicht zu schnell nachzugeben, gleichgültig, was John sagte.

»Ihr solltet Gwen eine Atempause gönnen, und wenn ihr es nur Robert zuliebe tut«, fügte Eric hinzu. Dann wandte er sich seiner Frau zu. »Du musst doch zugeben, dass sie sehr nett zu Robert ist.«

»Vielleicht ist sie ja auch nett, aber sie ist einfach nicht die Richtige für ihn. Er braucht etwas Solideres.«

Zur selben Zeit fühlten sich Robert und Gwen in der Stadt wie zwei ausgelassene Kinder, die von zu Hause entwischt waren. Sie gingen tanzen und verschwendeten keinen Gedanken an die vier in der Villa. Nach einer Weile hatten sie genug und wechselten in ein Café am Hafen, um etwas zu trinken und ein bisschen zu reden. Robert wusste gar nicht mehr so genau, wann er das letzte Mal getanzt hatte. Wahrscheinlich auf Mikes Hochzeit. Als er jung war, hatte er gern getanzt, aber Anne war nie sonderlich davon angetan gewesen.

Sie saßen in der Gorilla Bar, schauten auf die Boote im Hafen und unterhielten sich. Es war schon nach zwei Uhr morgens, als sie schließlich zum Haus zurückkehrten. Zum Glück schliefen alle schon, und niemand hörte sie.

»Danke«, flüsterte Gwen, während sie vor seiner Zimmertür standen, »danke für diesen wirklich wunderschönen Abend.«

»Den hatte ich auch«, raunte er zurück, beugte sich vor und küsste sie zärtlich auf die Wange. »Bis morgen. Schlaf gut«, fügte er hinzu und wünschte für einen Moment, er könne sie einfach packen und mit in sein Zimmer nehmen. Aber der Gedanke schien ihm verrückt. Dabei war sie eine erwachsene Frau und kein Kind mehr. Er wusste nur nicht, wie er den ersten Schritt machen sollte, wie er eine Liebesaffäre mit ihr beginnen sollte, wenn zudem noch seine Freunde unter demselben Dach schliefen. Er war ja nicht einmal sicher, ob er schon so weit war. Und dass er überhaupt darüber nachdenken musste, bestätigte ihm, dass es zu früh war.

Also schaute er zu, wie sie die Zimmertür leise hinter sich schloss. In dem Moment bedauerte er, dass er sie hatte gehen lassen.

Aber dieser Schritt war nun mal nicht leicht für ihn. Er musste vorher seinen Frieden mit den Erinnerungen an Anne schließen, mit seiner Loyalität ihr gegenüber und seinem Gewissen.

Noch wusste er nicht, wie ihm das gelingen konnte, aber es war ein Problem, das nur er zu lösen vermochte, er ganz allein.

Robert lag wach im Bett und fragte sich, ob Gwen wohl schon schlief, wie sie dabei aussah und was sie im Bett trug. Solche Dinge gingen ihm durch den Kopf, und als er endlich einschlief, träumte er von ihr.

Am nächsten Morgen stand er auf, duschte und rasierte sich. Danach zog er sich an, und die ganze Zeit konnte er es kaum erwarten, sie zu sehen.

9

Als Robert zum Frühstück herunterkam, saß Gwen bereits am Tisch. Sie trank einen *café au lait* und las die *Herald Tribune.* Außer ihr war niemand zu sehen. Gwen machte Robert einen Kaffee und überließ ihm die Zeitung.

»Hast du gut geschlafen?«, fragte sie ehrlich interessiert, und er musste zugeben, dass ihm das gefiel. Sehr sogar. Es war schön, wieder jemanden zu haben, der sich kümmerte.

»Einigermaßen«, erwiderte er und verschwieg, dass er die ganze Nacht von ihr geträumt hatte und am Ende ziemlich verwirrt aufgewacht war. Er wollte sie, keine Frage, bezweifelte aber, ob ihm das zustand. Hatte er denn das Recht, sich von Anne abzuwenden, emotional und auch körperlich? Dabei spielte es keine Rolle, dass sie nicht mehr da war. Zu gern hätte er gewusst, was sie darüber gedacht hätte.

»Nach meiner Scheidung ist es mir zuerst schwergefallen, mit jemand anderem auszugehen«, sagte Gwen und wusste offenbar ganz genau, was ihm durch den Kopf ging. Er spürte, dass sie ihn keinesfalls drängen wollte, und war ihr dafür dankbar. Es gab so vieles, das ihm an ihr gefiel, mehr als er sich hatte vorstellen können.

»Es ist nicht leicht, ohne den vertrauten Menschen zurechtzukommen und vielleicht sogar jemand anderen in sein Leben zu lassen. Dabei war ich nur neun Jahre verheiratet, du aber achtunddreißig. Wie kannst du dann erwarten, dass eine solche Umstellung schnell und problemlos vor sich geht? Das braucht Zeit.«

»Über so etwas habe ich nie nachgedacht. Ich hätte nicht damit gerechnet, es je tun zu müssen.« Weil ich auf einmal jemand anderen liebe, fügte er im Stillen hinzu, wagte es aber nicht auszusprechen.

»Ging mir auch so. Aber manchmal zwingt uns das Schicksal, uns gerade den Situationen zu stellen, die wir am wenigstens gewollt und am meisten gefürchtet haben.« Er hatte Gwen bisher nicht gefragt, warum ihre Ehe damals auseinander ging, tat es aber jetzt. Sie zögerte und sagte dann: »Er hatte eine Affäre. Schon länger, und zwar mit einer unserer Freundinnen. Irgendwann fand ich es heraus.«

»Und da hast du ihn verlassen?« Robert bewunderte ihre Konsequenz, bedauerte sie aber gleichzeitig.

»Auf der Stelle. Ich habe nicht einmal darüber nachgedacht, sondern bin einfach auf und davon.«

»Und wie hat er reagiert?«

»Indem er mich bat, zu ihm zurückzukommen. Er hat regelrecht gefleht, aber ich habe mich geweigert, auch nur mit ihm zu sprechen. Ich habe ihn gehasst für das, was er getan hat. Sie war meine beste Freundin, und ihr nahm ich es genauso übel wie ihm. Ich war damals sehr rigoros.«

»Hast du es je bedauert? Ihn verlassen zu haben, meine ich?«

»Ja. Sehr schnell sogar, aber das habe ich ihn nie wissen lassen. Dazu war ich zu stolz. Mein Ego war verletzt worden und das ging mir über alles. Heute weiß ich, dass das dumm war. Aber nach außen habe ich mir nie etwas anmerken lassen. Er sollte nicht wissen, dass ich ihn immer noch liebte.«

»Und wie kommst du heute damit klar?«

»Ich habe meinen Frieden damit geschlossen. All die Wut und Verbitterung haben sich mit der Zeit gelegt.«

»Aber was hättest du denn sonst tun können? Ihn zurücknehmen?«

Ihre Antwort überraschte ihn. »Vermutlich. Denn ich denke, dass es mit Menschlichkeit, Verständnis und Wertschätzung zu tun hat, wenn wir verzeihen können. Ich habe lange gebraucht, um ihm vergeben zu können. Und als ich es endlich tat, war es zu spät. Ich hatte mich längst scheiden lassen, nur um ihn zu bestrafen. Dabei hätte mir schließlich auch so etwas passieren können. Noch lange nach unserer Trennung habe ich gelitten, und es dauerte eine Ewigkeit, bis ich ganz darüber hinweg war.«

»Es muss schwierig sein, in solchen Situationen eine Entscheidung zu treffen«, sagte Robert leise. »Wie viel soll man tolerieren, wo die Grenze ziehen ... So gesehen hatte ich es leichter. Ich hatte keine Wahl, Anne wurde mir einfach genommen. Du dagegen hast dich entschieden und dir genau das lange übel genommen. Aber ich bin sicher, dass du am Ende die richtige Entscheidung getroffen hast.«

»Vermutlich. Aber lange Zeit war ich mir nicht sicher. Ich habe daraus gelernt, aber es war eine schmerzhafte Lektion.«

»Was ist aus ihm geworden?« Irgendetwas in Gwens Blick hatte Robert stutzig werden lassen, sodass er nachhakte.

»Nachdem er mich monatelang angefleht hat, zurückzukommen, heiratete er schließlich diese Freundin. Ich bin mir nicht sicher, ob er sie überhaupt wirklich geliebt hat.« Dann wurde ihre Stimme seltsam starr, und Robert spürte, wie viel Kraft es sie kostete, weiterzusprechen. »Sechs Monate später nahm er sich das Leben. Statt eines Lebens hat er am Ende drei zerstört: ihres, seines und meines.«

»Daran trifft dich keine Schuld«, beruhigte er sie. Jetzt, da er die Geschichte kannte, war ihm klar, wie traumatisch diese Trennung für sie gewesen sein musste. »Du kannst nicht wissen, was ihm damals sonst noch alles zusetzte.«

»Aber ich war wild entschlossen, hart zu bleiben und nicht nachzugeben«, sagte sie traurig. »Ich war so wütend, weil er mich betrogen hatte! Aber wenn ich mit ihm darüber gesprochen hätte, wären wir vielleicht noch verheiratet und er am Leben.«

»Das lag wohl nicht in deiner Hand. Du hattest mit ihm abgeschlossen. Also kannst du nicht die Verantwortung für sein Handeln übernehmen.«

»Nein, das hat er ganz allein getan. Er hat sich erschossen. Seine Frau warf mir vor, dass es meine Schuld sei, dass er nie über die Scheidung hinweggekommen wäre. Ich habe ihr geglaubt. Ich weiß, dass ich nach vorn schauen und weiterleben muss, aber es fällt mir immer noch schwer, eine neue Beziehung anzufangen. Sofort denke ich daran, was passiert ist, was ich verschuldet habe, und dass es wieder dazu kommen könnte. Ich kann doch nicht einfach davor weglaufen.«

»Ich finde, es ist an der Zeit, dass du dich davon befreist, Gwen«, sagte Robert zärtlich und nahm ihre Hand. »Das bist du dir schuldig. Du kannst dich nicht bis in alle Ewigkeit bestrafen. Auch er hat Fehler gemacht, und dafür musste er selbst die Verantwortung tragen, nicht du.«

Sie nickte schweigend. Roberts Eifer rührte sie. »Und was ist mit dir? Quälst du dich wegen Anne? Meinst du, ihr schuldig zu sein, dass du nie wieder glücklich wirst? Wenn das der Fall ist, sitzt du ganz schön in der Klemme. Früher oder später musst auch du loslassen, Robert.«

»Sie war eine starke Persönlichkeit und hat mich in meinem Leben sehr gestützt. Ich kann mir nicht vorstellen, dass sie mich so einfach gehen lässt. Sie wollte, dass wir für immer zusammen bleiben. Jetzt ist sie nicht mehr da und ich stehe hier und weiß nicht, wie ich es anstellen soll, ein neues Leben zu beginnen.«

»Du wirst es schaffen. Lass dir Zeit. So etwas kann man nicht überstürzen.«

»Du bist wirklich ein außergewöhnlicher Mensch, Gwen«, sagte Robert voller Bewunderung.

»Sag das mal deinen Freunden«, neckte sie ihn, und er verdrehte nur schweigend die Augen, denn in diesem Moment kam Eric in die Küche und beendete dadurch ihr Gespräch.

»Hat einer von euch Diana gesehen?«, fragte er, aber beide verneinten. In der Küche war sie noch nicht gewesen. Eric wirkte besorgt, während er sich einen Kaffee einschenkte. Sie hatten sich heute Morgen wieder gestritten. Er hatte sie gebeten, ihm doch zu verzeihen, sie hatte sich geweigert, und schließlich war ihm wegen ihrer Sturheit der Kragen geplatzt. Daraufhin war sie aus dem Schlafzimmer gestürmt.

Eric setzte sich zu Robert und Gwen. Kurz darauf erschienen auch John und Pascale. Gwen schenkte allen Kaffee ein und backte Croissants auf.

Plötzlich kam Diana herein. Sie war schwimmen gewesen, um sich zu beruhigen. Dass Eric mit einer jüngeren Frau zusammen gewesen war, machte ihr am meisten zu schaffen. Es kratzte an ihrem Selbstwertgefühl, sie fühlte sich alt, ungeliebt und am Ende. Und Eric kam ihr plötzlich vor wie ein Fremder. In ein Handtuch gewickelt betrat sie jetzt die Küche und tat geradezu so, als sei Gwen gar nicht da. Auch Pascale zeigte sich nicht allzu entgegenkommend. Da wurde Robert klar, dass seine Freunde diese Beziehung nie gutheißen würden. Er fragte sich, ob es einen Unterschied machen würde, wenn es nicht um Gwen, sondern um eine andere Frau ging. Aber das bezweifelte er. Er ärgerte sich vor allem über Pascale und Diana. Sie gaben Gwen überhaupt keine Chance, und er bedauerte, dass Gwen diesen Ausflug mit der *Talitha G.* für sie organisiert hatte.

Robert war während des Frühstücks auffällig still, und sobald sie fertig waren, schlug er Gwen vor, Segeln zu gehen.

»Du bist wütend, nicht wahr?«, sagte sie, kaum dass sie im Boot saßen. »Ist es wegen dem, was ich dir heute Morgen gesagt habe?« Sie fragte sich, ob ihn irgendetwas daran gekränkt haben könnte.

»Nein, es ist wegen des Verhaltens meiner Freunde. Der weiblichen zumindest. Sie führen sich auf wie Kleinkinder, und mir langt es allmählich.«

»Wir müssen Geduld haben«, sagte sie mit wesentlich mehr Toleranz, als er noch aufzubringen bereit war.

»Ich bedaure schon fast, dich hergebracht zu haben«, murmelte er traurig. »Das hast du einfach nicht verdient.« Aber im Grunde erleichterte es ihm den Wechsel zu etwas Neuem, denn er verspürte auch Gwen gegenüber Loyalität und wollte sie schützen. Er hatte sie dazu gebracht, ihm zu vertrauen und sich zu öffnen – er schuldete ihr etwas. Und als sie jetzt nebeneinander in dem Boot saßen, da umarmte er sie plötzlich und küsste sie leidenschaftlich. Er fühlte sich befreit und lebendig wie seit Jahren nicht mehr. Ohne auch nur Luft zu holen, küsste er sie wieder und wieder. Dann lächelte er sie an. Was als Ventil für seinen Ärger hatte dienen sollen, fühlte sich mächtig gut an. Die abweisende Haltung seiner Freunde hatte nur dafür gesorgt, dass Gwen und er noch schneller zueinander fanden.

»Alles in Ordnung?«, fragte sie, immer noch um ihn besorgt, und er lächelte erneut und sah plötzlich sehr jung und unglaublich attraktiv aus.

»Und wie.« Gwen schlang die Arme um ihn. Einen Moment lang vergaß er alles um sich herum. Es gab nur noch an Gwen, und es war wunderbar, sie zu küssen. Zum ersten Mal dachte er nicht an Anne.

Sie segelten eine Weile schweigend, bis Gwen plötzlich auf etwas in einiger Entfernung zeigte. Da sah Robert es auch: eine wunderschöne Motoryacht, die langsam auf sie zusteuerte. Sie betrachteten beinahe ehrfürchtig das Schiff, dann sahen sie sich lächelnd an. Es war einer dieser Momente, an die sie sich noch lange erinnern würden.

»Du machst mich sehr glücklich.« Robert strahlte. Gwen hatte eine Vitalität in sein Leben gebracht, wie er sie seit Jahren nicht mehr gespürt hatte. Er konnte es kaum erwarten, den Tag mit ihr gemeinsam auf der Yacht zu verbringen, und bedauerte nur, die anderen eingeladen zu haben. Dennoch segelten sie pflichtbewusst zurück, um ihnen Bescheid zu sagen, dass sich die Yacht näherte. Ohne überhaupt darüber nachzudenken, spazierten sie vom Steg aus Hand in Hand zum Haus zurück.

Robert ging nach oben in sein Zimmer, um seine Badesachen zu holen. Danach eilte er zu Gwens Zimmer. Sie öffnete ihm in einem weißen Sommerkleid. Das rote Haar umrahmte ihr Gesicht, und sie lächelte ihn an. Wieder küsste er sie, und fühlte sich kein bisschen schlecht dabei. Es stimmte zwar, dass sie einander noch nicht sehr gut kannten, aber er wusste, wie viel ihm diese Frau bedeutete. Hand in Hand gingen sie schweigen die Treppe hinunter und setzten damit ein deutliches Signal. Gwen wäre bereit gewesen, sich weiterhin diskret zu verhalten, aber Robert musste seinen Freunden gegenüber endlich etwas klarstellen. Er wollte Gwen. Und er erwartete von ihnen, dass sie seine Entscheidung respektierten – wenn sie sie schon nicht gutheißen konnten. Und wenn ihnen selbst das nicht möglich war, würden sie die Konsequenzen tragen müssen.

10

Der Tag mit Henry Adams und seiner Frau Cherie auf der *Talitha G.* entpuppte sich als wesentlich lustiger und beeindruckender, als Roberts Freunde erwartet hatten. Henry war zu allen überaus charmant und sah zudem so gut aus, dass Pascale und Diana ihn immer wieder heimlich musterten. Er machte viel Aufhebens um seine Gäste und wies auch seine Crew dazu an. Allen wurden Kabinen zugeteilt, in denen sie sich in Ruhe umziehen konnten. Pascale und Diana freundeten sich schnell mit Cherie an, die wiederum den ganzen Nachmittag mit John flirtete. Der glaubte, im siebten Himmel gelandet zu sein: ein Traummodel, das auf den Laufstegen von Paris und New York zu Hause war, schäkerte mit ihm herum!

Der Koch hatte für den Mittag einen köstlichen Imbiss vorbereitet, und nach dem Essen lagen sie alle faul in der Sonne. Während sie nebeneinander auf Liegestühlen ausgestreckt dieses luxuriöse Leben genossen, flüsterte Diana Pascale zu, dass man sich daran durchaus gewöhnen könnte. Es überraschte sie ein bisschen, dass Gwen auf den Yacht-Urlaub verzichtete und stattdessen in dieser maroden Villa wohnte, nur um mit Robert zusammen zu sein. Schließlich war nicht zu übersehen, dass ihre attraktiven Kollegen ein

Faible für sie hatten. Sie schwirrten die ganze Zeit um sie herum, aber Gwen behandelte sie, als wären es ihre Brüder. Zu Pascales und Dianas größtem Verdruss war für jeden erkennbar, dass sich Gwen nur für Robert interessierte. Die ganze Zeit achtete sie darauf, dass er sich wohl fühlte und bestens versorgt war. Eigentlich hätten seine Freunde sich für ihn freuen müssen. Aber als sich der Tag dem Ende neigte, hatten sich Diana und Pascale immer noch nicht für Gwen erwärmen können, wohl aber für deren Schauspielerfreunde.

Abends ankerten sie draußen vor dem Hafen von St. Tropez und speisten im Esszimmer. Die in den Hafen zurückkehrenden Segelboote glitten an ihnen vorbei, und immer wieder fuhren kleine Motorboote um sie herum – mit Neugierigen, die die Yacht bewundern und sehen wollten, wer an Bord war. Einigen Touristen und gut informierten Paparazzi gelang auch der eine oder andere Schnappschuss von den Passagieren. Es lohnte sich in jedem Fall, es zu versuchen, schließlich waren fünf bekannte Stars an Bord.

Robert und Gwen waren glücklich. Sie unterhielten sich viel, lachten gemeinsam mit ihren Gastgebern, spielten Karten oder Würfel oder standen Händchen haltend nebeneinander und schauten aufs Meer. Pascale und Diana warfen ihnen hin und wieder einen prüfenden Blick zu, und Pascale beharrte darauf, dass sich Robert nie an ein solches Leben gewöhnen würde. Er war kein Jetset-Typ, schon gar nicht, wenn man an das geruhsame Leben dachte, dass er mit Anne geführt hatte. Aber allem Anschein nach schien sich Robert hier sehr wohl zu fühlen. Er plauderte ebenso angeregt mit den Schauspielern und Henrys atemberaubend attraktiver Frau wie er es sonst mit seinen langjährigen Freunden getan hatte.

Eric und John waren von Cherie restlos beeindruckt, und es verschlug ihnen fast die Sprache, als sie ganz selbstverständlich mitten im Gespräch ihr Oberteil auszog, und weiterredete, als sei nichts gewesen. Oben ohne zu baden war zwar an diesen Stränden sehr verbreitet, aber trotzdem war das hier doch eine andere Situation!

Als der Tag zur Neige ging, hatten sich alle richtig angefreundet, und während das Beiboot sie zum Anlegesteg von *Coup de Foudre* zurückbrachte, sagte Diana, sie käme sich vor wie Cinderella, die mit ansehen musste, wie sich die Kutsche in einen Kürbis zurückverwandelte.

»Wow! Was für ein Tag!« Pascale betrachtete schwärmerisch die Sterne, nachdem die Besatzungsmitglieder der *Talitha G.* sie am Steg abgesetzt hatten. Sie wäre gern noch auf der Yacht geblieben. Einen Tag lang hatte sie sich wie eine Königin gefühlt – und sie konnte es kaum erwarten, ihrer Mutter davon zu erzählen.

»Da bist du von den Socken, was?«, schwärmte Eric, während John ihnen allen im Wohnzimmer der Villa noch ein Glas Wein einschenkte. »So ein Leben könnte einem schon gefallen«, sagte er zu Gwen und bewunderte sie vor allem deshalb, weil sie nicht den Star spielte, obwohl sie alle heute erlebt hatten, in was für einer Welt sie sich bewegte.

Pascale und Diana waren auffallend still, doch ihr Verhalten gegenüber Gwen hatte sich – wenn auch kaum merklich – geändert. Sie akzeptierten sie noch längst nicht, gestanden sich aber insgeheim ein, dass sie vielleicht doch nicht so übel war, wie sie angenommen hatten. Und dass

Robert glücklich war, konnte niemand übersehen. Aber sie blieben dennoch auf der Hut und konnten sich einfach nicht vorstellen, dass Gwen wirklich so nett war, wie sie sich gab. Es fiel ihnen nur allmählich schwer, zu begründen, wovor sie Robert schützen wollten. Tatsächlich schien Gwen in keiner Weise von der Beziehung zu ihm zu profitieren. Es blieb also nur der Schluss, dass sie ehrlich an ihm interessiert war.

Sie und Robert fuhren noch in Stadt, um in der Gorilla Bar etwas zu trinken. Vorher machten sie einen Zwischenstopp in einer Diskothek und gingen tanzen. Auf dem Rückweg zum Auto küsste er sie wieder leidenschaftlich und dankte ihr für den wundervollen Tag. Er musste lachen, weil ihm einfiel, wie verblüfft John ausgesehen hatte, als Cherie ihr Oberteil auszog.

»Ganz schön verrückter Haufen, mit dem du da zusammen bist«, schmunzelte er. Sie nickte grinsend und sah in diesem Augenblick aus wie ein junges Mädchen.

»Es macht Spaß, mit ihnen zusammen zu sein – in begrenzten Dosen.« Diese Leute, die sie ihm heute vorgestellt hatte, waren gute Freunde von ihr. Aber mit vielen anderen aus der Hollywood-Film-Branche konnte sie nichts anfangen. Sie waren ihr schlichtweg zu oberflächlich.

»Ich finde, es ist mehr nötig, um ein Leben interessant zu gestalten. Wenn man sich zu sehr auf dieses Hollywood-Getue einlässt, verdirbt es einen.« Was in seinen Augen bei ihr eindeutig nicht der Fall war.

»Und meine Freunde langweilen dich nicht?«, fragte Robert. Sie waren immerhin um einiges älter als Gwen, und ihre Leben verliefen sehr viel bodenständiger. Seines besonders, wie er fand. Robert war kein Träumer, und das wusste er. Noch wichtiger aber war, dass Gwen das auch wusste. Sehr genau sogar. Sie hatte noch nie zuvor jemanden kennengelernt, der sie derartig beeindruckte, und den sie so bewunderte. Schon bevor sie nach St. Tropez reiste, war ihr klar gewesen, dass sie sich in Robert verliebt hatte. Und die gute Nachricht war, dass er ihre Gefühle zu erwidern schien.

»Ich mag deine Freunde«, sagte sie und lehnte sich bequem zurück, während sie losfuhren. »Mich scheinen sie zwar nicht sonderlich zu mögen, aber das wird sich vielleicht noch ändern. Sie wollen Anne gegenüber loyal sein. Aber mit der Zeit werden sie sicher merken, dass ich niemandem auf die Füße treten will. Ich möchte einfach nur mit dir zusammen sein.« Sie strahlte ihn an und er lächelte zurück.

»Du machst mich sehr glücklich«, sagte er. Natürlich haderte er immer noch mit seinen Erinnerungen an Anne. Die Jahre mit ihr waren wunderbar gewesen, aber diese Zeit war unwiderruflich vorbei. Also versuchte er sich zu sagen, dass er das Recht auf eine neue Partnerin in seinem Leben hatte – auch wenn sie eine so schillernde Persönlichkeit wie Gwen war.

»Ich bin hier die Glückliche«, versicherte Gwen, während sie im Mondschein die Straße entlangfuhren. »Du bist intelligent, humorvoll, unglaublich attraktiv und einer der nettesten Menschen, die mir je begegnet sind.« Sie schaute zu ihm herüber, und er wurde fast ein bisschen verlegen.

»Wie viel hast du eigentlich getrunken?«, zog er sie auf.

Sie lachte und streichelte ihm über den Arm. Im nächsten Moment erreichten sie bereits die Auffahrt. Kurz darauf brachte Robert den Wagen zum Halten. Sie stiegen aus, und bevor sie hineingingen, nahm Robert Gwen fest in die Arme und küsste sie lange. Dann schlichen sie Hand in Hand ins Haus, um die anderen nicht zu wecken. Er verabschiedete sich vor Gwens Zimmertür mit einem leidenschaftlichen Kuss von ihr. Dann ging er in sein Zimmer und verharrte vor dem Nachtschrank, auf den er ein Foto von Anne gestellt hatte. Was sie wohl dazu sagen würde? Ihn einen alten Esel nennen oder ihm viel Glück wünschen? Er wusste es nicht. Er war ja nicht einmal sicher, wie er selbst dazu stand. Aber wenn er ernsthaft darüber nachdachte, musste er zugeben, dass er nicht geglaubt hatte, je noch einmal so glücklich sein zu können, wie er es jetzt mit Gwen war. Trotzdem durfte er sich nichts vormachen, es gab keine gemeinsame Zukunft für sie, sondern nur eine glückliche Phase in seinem Leben, mit der die anderen ihn noch in Jahren aufziehen würden, und an die er sich zeitlebens erinnern würde.

Als er sich ins Bett legte, fragte er sich, was Gwen jetzt gerade tun und denken mochte. Es verlangte ihn danach, zu ihr zu gehen, sie in die Arme zu schließen und zu küssen, aber das wagte er nicht. Er fürchtete zu sehr, dabei an Anne denken zu müssen. Und das sollte nicht geschehen, er wollte keine der beiden Frauen betrügen.

Er schlief ein und träumte von Anne und Gwen, die Arm in Arm durch einen Garten spazierten, und alle seine Freunde zeigten vorwurfsvoll mit dem Finger auf ihn und riefen etwas, das er nicht verstand. Es war ein beunruhigender Traum. Mitten in der Nacht schreckte er hoch, schlief wieder ein und träumte von Mandy. Sie hielt ein Foto ihrer Mutter in der Hand und sah ihn traurig an.

»Ich vermisse sie so«, sagte sie leise.

»Ich auch«, antwortete er. Und als er dieses Mal erwachte, war sein Gesicht nass von Tränen. Danach lag er lange wach und dachte über Anne und über Gwen nach.

Als plötzlich jemand an die Tür klopfte, schreckte Robert hoch. Er streifte rasch ein Paar khakifarbene Hosen über und ging öffnen. Überrascht stellte er fest, dass Gwen vor der Tür stand. Es war noch sehr früh, und er hatte die anderen bisher nicht aufstehen hören.

»Guten Morgen«, sagte Gwen leise. »Hast du gut geschlafen? Ich weiß nicht warum, aber ich habe mir Sorgen um dich gemacht.« Sie sah in dem weißen Nachthemd mit passendem Morgenmantel sehr hübsch aus.

»Ich habe wirres Zeug geträumt, von dir und Anne in einem Garten.« Sie sah ihn überrascht an.

»Das ist wirklich verrückt, ich habe nämlich etwas Ähnliches geträumt. Und dann habe ich lange wach gelegen und an dich gedacht.« Sie schaute zu ihm hoch und es ging ihr durch den Kopf, dass er ihr gut gefiel, wenn er zerzaust vom Schlafen war.

»Ich habe auch über dich nachgedacht. Vielleicht hätten wir uns zusammentun sollen«, flüsterte er. Es war schön, Gwens Nähe zu spüren. »Ich gehe jetzt duschen. Sollen wir uns in zehn Minuten unten zum Frühstücken treffen?«

Als er in der Küche eintraf, war er tadellos rasiert und gekämmt, trug Shorts und ein T-Shirt. Gwen hatte kurze weiße Hosen an und ein im Nacken gebundenes, rückenfreies Top. Aber ihr Outfit verblasste im Vergleich zu Agathes neuester Kreation, in der sie kurz darauf den Raum betrat: ein pinkfarbener Tüll-BH mit kleinen aufgenähten Rosenknospen und dazu pinkfarbene Hotpants. Als Eric ihr wenig später über den Weg lief, sagte er, sie sähe heute aus wie einer ihrer Pudel. Sie alle warteten mittlerweile jeden Tag gespannt darauf, was Agathe wohl tragen würde, und sie wurden immer wieder überrascht.

Gerade als Diana die Küche betrat, klingelte das Telefon. Pascale ging ran und sagte, es sei ein Anruf aus den Staaten für Eric – ein Anruf mit Voranmeldung. Eric runzelte die Stirn und nahm den Apparat mit nach nebenan, was Diana nicht entging. Aber als er zehn Minuten später zurückkam, wirkte er entspannt und gut gelaunt. Diana beobachtete ihn sehr genau.

»Einer meiner Kollegen«, sagte Eric in den Raum hinein. Diana konzentrierte sich auf ihr Croissant und nahm einen großen Schluck Kaffee, als wäre es Whiskey. In all den Jahren ihrer Ehe hatte ihn noch nie ein Kollege im Urlaub angerufen. Sie wusste ganz genau, wer das gewesen war, und sofort nach dem Frühstück stellte sie ihn zur Rede.

»Das war Barbara, nicht wahr?« So hieß die Frau, mit der er eine Affäre gehabt hatte. Eric zögerte erst, dann nickte er. Er wollte Diana nicht anlügen. »Warum hat sie dich angerufen?«

»Warum wohl?«, sagte er und wirkte leicht durcheinander. Sie waren ins Wohnzimmer gegangen, damit die anderen sie nicht hörten. »Für sie ist das auch nicht leicht.«

»Wenn ich dich verlasse, wirst du sie dann heiraten?« Das war jetzt Dianas größte Sorge geworden. Sie fragte sich, ob die beiden die Affäre überhaupt beendet hatten, so wie Eric vor ihrer Abreise aus New York behauptet hatte.

»Natürlich nicht, Diana. Ich bin dreißig Jahre älter als sie. Aber das ist gar nicht der Punkt. Ich liebe dich. Ich habe einen Fehler gemacht, einen sehr dummen. Und ich habe dir gesagt, wie sehr ich das bedaure. Jetzt lass es uns um Himmels willen endlich vergessen und nach vorn schauen.«

»Das kannst du leicht sagen.« Diana sah ihn bekümmert an. Sie kam einfach nicht darüber hinweg. Sie fühlte sich verraten und verkauft, und konnte ihm nicht mehr vertrauen. Seit es passiert war, hatte er sie schon ein paar Mal lieben wollen, aber sie brachte es nicht über sich und hielt sich für so unattraktiv, dass sie nicht wusste, ob sie je wieder mit ihm würde schlafen können.

»Ich weiß nicht, was ich dir sonst noch sagen soll. Vermutlich braucht es einfach Zeit, bis du mir wieder Vertrauen schenkst.« Eric wusste, dass er geduldig abwarten und auf diese Weise seine Schuld bezahlen musste. Es war für sie beide nicht leicht. Und gleichzeitig flehte Barbara ihn an, zu ihr zurückzukehren. Sie hatte diese Telefonnummer seiner Sekretärin abgerungen, der sie leidgetan hatte. Doch er hatte Barbara noch einmal erklärt, dass es vorbei sei, und sie gebeten, nicht mehr anzurufen. Als sie das Gespräch beendeten, hatte sie geweint, und er war sich vorgekommen wie ein Monster. Aber darüber konnte er sich wohl kaum bei Diana beklagen. Beide Frauen waren wütend auf ihn, und er hatte sich selbst in diese verfahrene Situation gebracht.

Eric und Diana hatten ihr Gespräch gerade beendet, da kamen Robert und Gwen ins Wohnzimmer. Sie wirkte glücklich und entspannt, fühlte sich aber unbehaglich, als sie die düsteren Mienen der beiden sah. Sie spürte, was Eric und Diana durchmachten, und bisher schien sich Diana ihrem Mann keinen Zentimeter angenähert zu haben. Zwar hatte es durchaus schöne Momente in diesen Ferien gegeben, aber Diana wurde ständig von den Gespenstern dieses Ehebruchs eingeholt. Und solch ein Anruf genügte, um die ganze Qual wieder aufleben zu lassen.

»Tut mir leid, ich wollte nicht stören«, entschuldigte sich Gwen und eilte durch den Raum. Robert wollte ihr folgen, blieb jedoch noch kurz stehen, um Eric etwas zu fragen.

»Möchtest du mit segeln?« Robert wusste als Einziger nicht Bescheid, und als er die verdrießlichen Gesichter der beiden sah, dachte er, es ginge um irgendeine Kleinigkeit, wie die Frage, ob sie nun schwimmen gehen sollten oder bummeln.

»Gern«, stimmte Eric hastig zu und war froh, auf diese Weise das Gespräch mit Diana beenden zu können. »Ich ziehe mich nur rasch um.«

»Möchtest du auch mitkommen, Diana?«, bot Robert ihr an, aber sie lehnte genauso schnell ab, wie Eric zugestimmt hatte.

»Pascale und ich wollen zum Markt«, sagte sie und ging aus dem Zimmer. Robert fragte auch John, den er oben vor seiner Zimmertür antraf, mal wieder mit dem abgebrochenen Toilettengriff in der Hand. Aber John sagte, er wolle im Haus bleiben und ein paar Telefonate erledigen.

Zu Roberts größter Überraschung – und Enttäuschung – beschloss auch Gwen, zu Hause zu bleiben. Sie sagte, sie habe Kopfschmerzen. In Wahrheit wollte sie den Männern die Möglichkeit geben, in Ruhe zu reden. Außerdem musste sie einige Briefe schreiben. Robert küsste sie, bevor er loszog.

Es war ganz still im Haus. Gwen saß im Wohnzimmer, schrieb Briefe und Postkarten und hörte hin und wieder Johns Stimme, der in der Küche telefonierte. Sie konnte auch den Duft seiner Zigarre riechen, aber das störte sie nicht. Es war ein friedvoller Vormittag, und die Vögel zwitscherten im Garten. Gwen war glücklich und froh, hergekommen zu sein.

Sie hatte John schon eine Weile nicht mehr sprechen hören, als sie in die Küche ging, um sich noch einen Kaffee zu kochen. Da sah sie ihn, leblos über dem Küchentisch zusammengesackt. Er hielt das Telefon noch in der Hand, und sein Kopf lag mit dem Gesicht nach unten auf seinen Papieren. Gwen erschrak zu Tode. Sie stürzte zu ihm hin, schüttelte ihn, rief seinen Namen und legte ihn schließlich flach auf den Boden, um festzustellen, ob sein Herz noch schlug. Er atmete ganz flach, und sein Puls war kaum noch fühlbar. Gwen wusste, dass sie ganz allein im Haus war und niemand ihr helfen konnte. Sie hatte keine Ahnung, wohin das französische Dienstbotenpaar verschwunden war.

»John! John!«, rief sie immer wieder voller Panik und schüttelte ihn. Da setzte sein Atem endgültig aus, und sein Gesicht wurde eigentümlich blass. Verzweifelt fragte sie sich, was wohl passiert sein mochte. Da sah sie einen Teller mit klein geschnittenen Wurststücken auf dem Tisch stehen. Er konnte natürlich einen Herzanfall gehabt haben – vielleicht hatte er aber auch etwas in die Luftröhre bekommen. Vor

Jahren hatte sie beim Erstehilfekurs den Heimlichgriff gelernt, das Einzige, was ihr in diesem Moment einfiel. Es würde aber nicht leicht sein, einen großen, schweren Mann wie John dafür in die richtige Position zu bringen ...

Sie suchte seinen Mundraum mit den Fingern ab, fand jedoch keinen Fremdkörper. Dann versuchte sie, ihn zu beatmen, merkte jedoch, dass anscheinend wirklich die Luftröhre verstopft war. Es war, als würde sie gegen eine Wand atmen. Hastig hob Gwen seinen Oberkörper an, hockte sich hinter ihn und umfasste ihn mit vor seiner Brust verschränkten Händen. Dann schickte sie ein Stoßgebet gen Himmel und drückte so fest sie konnte unterhalb der Rippen zu.

Seine Lippen verfärbten sich bereits blau, aber Gwen gab nicht auf. Sie versuchte es wieder und wieder – und dann flog ein Stück Wurst aus seinem Mund wie ein Champagnerkorken aus der Flasche. Völlig erschöpft legte sie John auf die Seite. Er übergab sich und schnappte nach Luft – aber er lebte. Es dauerte eine ganze Weile, bis er sich auf den Rücken drehte und Gwen anblinzelte.

»Ich habe mich verschluckt«, sagte er mit schwacher Stimme.

»Ich weiß. Wie geht es dir jetzt?« Sie sah ihn besorgt an.

»Ein bisschen schwindelig ... Ich habe telefoniert ... und dabei gegessen. Plötzlich steckte mir dieses Ding im Hals und ich bekam keinen Ton mehr heraus.« Im Nachhinein überkam John die Panik. Er war blass und zitterte.

»Vielleicht sollte ich dich besser ins Krankenhaus bringen«, schlug Gwen vor und tupfte ihm das Gesicht mit einem feuchten Lappen ab. Er sah sie dankbar an.

»Danke, Gwen. Du hast mir das Leben gerettet.« Sie wussten beide, dass er wenige Minuten später tot gewesen wäre. »Ich bin wieder okay. Muss nur erst richtig zu mir kommen.«

»Wirklich? Vielleicht sollte Eric dich untersuchen, wenn er vom Segeln zurückkommt.« Sie hob das Wurststück vom Boden auf und wickelte es in ein Küchentuch, falls John doch noch ins Krankenhaus musste, und man den Fremdkörper sehen wollte. Das Stück war in etwa so groß wie ein Korken. Sie half John, sich wieder auf den Stuhl zu setzen, und reichte ihm ein Glas Wasser. Aber er nippte nur daran. Erleichtert sah sie, wie die Farbe allmählich in seine Wangen zurückkehrte. Es schien so, als hätten sie das Schlimmste überstanden.

»Gott sei Dank warst du da.« Er schüttete ungläubig den Kopf. »Warum bist nicht mit den anderen zum Segeln gegangen?«

»Ich dachte, Eric will vielleicht mit Robert allein reden, und die Damen wirkten nicht sehr begierig darauf, dass ich sie begleite.«

»Die werden sich schon noch einkriegen.« John tätschelte ihr beruhigend die Hand. »Anne war ihre beste Freundin. Es ist nicht leicht, Robert mit einer anderen Frau zu sehen, aber er kann sich glücklich schätzen, dich zu haben«, sagte er. »Und das betrifft uns andere auch. Gib uns eine Chance, Gwen, wir werden das schon schaffen.«

Als Robert und Eric zwei Stunden später vom Segeln kamen, saßen Gwen und John noch immer in der Küche. John hatte zwischenzeitlich geduscht und sich umgezogen. Dann war er zurückgekommen, und seitdem sprachen sie über alles Mögliche: das Leben, Freunde, darüber, jemanden zu verlieren, und über Robert. John hielt ihn für einen großartigen Kerl und wollte wie die anderen auch, dass er glücklich war.

»Ihr habt das Beste verpasst«, begrüßte John die Ankömmlinge betont heiter, aber Gwen war nicht entgangen, dass sich John bisher keine Zigarre angezündet hatte. Er war immer noch ein bisschen zittrig, und sie war erleichtert, Eric zu sehen. »Ich habe versucht, mir mit einem Stück Wurst das Leben zu nehmen. Das ist hier die übliche Methode. Aber wie alles in diesem Land hat auch das nicht funktioniert. Um genau zu sein: Gwen hat mir das Leben gerettet.«

»Wovon redest du?«, fragte Robert lachend, während Eric sehr angespannt ausschaute und gar nicht bei der Sache war. Er hatte Robert auf dem Boot von seinen Problemen mit Diana erzählt.

»Es ist mein voller Ernst«, erklärte John und sah Gwen dankbar an. Dann berichtete er, was passiert war. Robert und Eric waren sichtlich beeindruckt.

»Ich habe dieses Wurststück aufgehoben, um es euch zu zeigen.« Gwen griff nach dem Trockentuch und reichte es Eric. Der betrachtete es entsetzt und sah dann zu John. »Es hat genau die richtige Größe, um deine Luftröhre zu verstopfen und dich ersticken zu lassen.« Dann wandte er sich an Gwen und dankte ihr für ihr schnelles Handeln und die Hartnäckigkeit, die sie dabei an den Tag gelegt hatte. »Wie wäre es, wenn du das nächste Mal kleinere Stücke in den Mund nimmst?«, schlug er John vor und ging dann sein Stethoskop holen, um John sicherheitshalber abzuhören. Es stellte sich heraus, dass alles in Ordnung war, auch Blutdruck und Puls hatten sich normalisiert. Und als wolle John das unter Beweis stellen, zündete er sich eine Zigarre an.

In dem Moment kamen Pascale und Diana vom Markt zurück. John trug immer noch die Manschette des Blutdruckmessgerätes, und Pascale schaute irritiert von einem zum anderen.

»Was für merkwürdige Spiele werden denn hier gespielt?«, fragte sie.

»Gwen hat angeboten, ihr Oberteil auszuziehen, und Eric wollte sehen, wie sich das auf meinen Blutdruck auswirkt«, erklärte John grinsend, während Gwen sofort widersprach, und Pascale missbilligend den Kopf schüttelte.

»Ist ja reizend«, sagte sie und stellte erst einmal die Einkaufstaschen ab. »Stimmt etwas nicht?«, wollte sie dann wissen, als sie die Mienen der anderen sah, die wieder ernst geworden waren.

»John hat sich an einem Stück Wurst verschluckt und wäre beinahe daran erstickt«, klärte Eric sie auf. »Gwen hat ihm mit dem Heimlichgriff das Leben gerettet. Das wär's in aller Kürze.« Und um Pascale klar zu machen, wie bedrohlich die Situation gewesen war, fügte er hinzu: »Als Gwen ihn fand, war John bereits bewusstlos.«

»Mon Dieu, wie konnte das passieren?« Pascale starrte John erschrocken an, eilte zu ihm und umarmte ihn. »Geht es dir wieder gut? Was machst du nur für Sachen!« Dann warf sie Gwen einen dankbaren Blick zu.

»Gleichzeitig reden, rauchen und essen. Ohne Gwen hätte ich es jetzt für alle Zeiten hinter mir.« Obwohl John versuchte, möglichst locker darüber zu reden, sah Pascale in seinen Augen, dass er wirklich Todesängste ausgestanden hatte. Sie ging hinüber zu Gwen und drückte sie ganz fest.

»Danke ... ich weiß gar nicht, was ich sagen soll ... vielen Dank.« Pascale schluchzte erstickt auf, als Gwen die Umarmung erwiderte. Gwen war einfach froh, im entscheidenden Moment da gewesen zu sein. Es war reines Glück gewesen.

»Wie wäre es mit Mittagessen?«, verlangte John grinsend, und Pascale verdrehte stöhnend die Augen.

»Ich habe auf dem Markt *boudin noir* gekauft, diese französische Blutwurst, aber du bekommst keine Würste mehr. Wir werden dir Babynahrung verabreichen, bis du gelernt hast, richtig zu essen.« Er widersprach nicht, sondern legte den Arm um seine Frau und küsste sie. John kam sich vor, als hätte er unerwartet das Geschenk seines Lebens bekommen.

Beim Mittagessen waren alle noch ziemlich aufgedreht wegen dieser Geschichte und unterhielten sich angeregt. Selbst Diana und Eric tauten auf. Und John war einfach nur glücklich. Nach dem Essen gingen er und Pascale in ihr Zimmer, um ein Mittagsschläfen zu halten. Eric lud Diana zu einem Spaziergang ein. Robert und Gwen waren dadurch sich selbst überlassen. Sie gingen hinaus in den Garten und setzten sich in den Schatten. Gwen erzählte Robert noch einmal in Ruhe, was passiert war, und er schüttelte den Kopf. Während er zuhörte, musste er an die Nacht denken, in der er Anne bewusstlos im Bad gefunden hatte. Er wusste noch genau, wie ihm zumute gewesen war, sagte jetzt aber nichts davon zu Gwen.

»John hatte verdammtes Glück, dass du ihn gefunden hast.« – »Ich bin nur froh, dass ich da war«, sagte sie leise und konnte selbst kaum glauben, was sich heute ereignet hatte. Robert sah sie plötzlich sehr zärtlich an.

»Und ich bin froh, dass ich dir begegnen durfte, Gwen. Ich bin nicht sicher, ob ich schon bereit bin für eine neue Beziehung und ob ich dich überhaupt verdiene, aber ich empfinde sehr viel für dich.«

Es war seine schüchterne Art, ihr zu sagen, dass er sich in sie verliebt hatte.

»Das Leben ist verrückt, nicht wahr? Ich habe nie damit gerechnet, dass ich Anne je verlieren könnte, dachte immer, sie würde mich überleben. Von daher konnte ich mir auch nicht vorstellen, dass es in meinem Leben je eine andere Frau geben würde. Hinzu kommt, dass Eric mir heute Morgen ein paar sehr beunruhigende Dinge über ihn und Diana erzählt hat. Immer wenn du denkst, alles fest in der Hand zu haben, zerrinnt es dir, und du musst von vorn beginnen. Und wenn du glaubst, dein Leben sei vorbei, beginnt es von Neuem. Aber vielleicht ist es gerade das, was das Leben lebenswert macht.«

»Ich habe auch nie damit gerechnet, noch einmal jemandem zu begegnen, der mir so wichtig ist«, stimmte Gwen ihm zu. »Ich dachte, ich hätte mein Soll an Fehlern ausgeschöpft und meine Chancen vertan. Aber vielleicht ist das gar nicht so.« Sie sah Robert liebevoll an.

Sie saßen schweigend eine Weile lang nebeneinander und dachten über die Vergangenheit und ihre mögliche Zukunft nach.

»Ich liebe dich, Gwen«, sagte Robert plötzlich und sah

Gwen an. »Ich dachte, ich hätte kein Recht auf dich, ich sei zu alt und unsere Lebensformen wären zu unterschiedlich. Aber wer weiß, vielleicht ist das hier das Beste, was uns je passiert ist.«

Er legte den Arm um sie und lächelte gelöst. »Lass uns einfach sehen, wie es sich entwickelt.«

»Ich liebe dich«, flüsterte Gwen und schaute zärtlich zu ihm auf.

Und dann küsste er sie, während die Sonne über St. Tropez hoch am Himmel stand.

11

Von dem Tag an, als Gwen John vor dem Erstickungstod bewahrt hatte, begann sich das Verhalten der anderen beiden Frauen zu wandeln. Nicht auf einen Schlag, aber doch spürbar. Als Pascale und Diana das nächste Mal zum Markt fuhren, luden sie Gwen ein, mitzukommen. Zunächst unterhielten sie sich noch recht zögernd mit ihr, aber dann begannen sie sich zu öffnen und plauderten immer lebhafter zu dritt. Gwen packte überall im Haushalt mit an, und die beiden anderen ließen sich jetzt bereitwillig helfen. Als sich Pascale eines Abends nicht wohl fühlte, kochte Gwen das Abendessen und bereitete für Pascale eine Hühnersuppe zu. Pascale hatte anscheinend am Hafen verdorbene Muscheln gegessen und wurde richtig krank.

Es ging ihr so schlecht, dass sich Eric Sorgen machte und sie zu einem Arzt im Ort bringen wollte, damit ihr Blut untersucht wurde. Aber Pascale beharrte darauf, dass es ihr schon wieder besser ging und blieb ein paar Tage lang im Bett.

Am Ende von Gwens erster Ferienwoche in der Villa sprach Diana ganz offen mit ihr und erzählte sogar von Erics Affäre. Zuerst hörte Gwen nur schweigend zu, aber dann konnte sie sich nicht länger zurückhalten.

»Ich habe kein Recht, dir Ratschläge zu geben, Diana. Und im Grunde weiß ich auch nicht, wie du dich verhalten solltest. Aber mein Ehemann hatte damals eine Affäre mit meiner besten Freundin, und als ich davon erfuhr, habe ich ihn auf der Stelle verlassen. Ich habe kein Wort mehr mit ihm geredet und die Scheidung eingereicht. Wir waren neun Jahre verheiratet, und im Nachhinein glaube ich, ihn dazu gedrängt zu haben, diese Frau zu heiraten. Sechs Monate später hat er sich das Leben genommen, ohne dass ich jemals wieder mit ihm gesprochen hätte. Sie hat mir dann gesagt, dass er mich immer noch geliebt hätte und nicht über die Scheidung hinweggekommen sei. Und das Verrückte und wirklich Schlimme an der Sache war, dass auch ich ihn noch liebte. Ich will damit nicht andeuten, dass sich Eric das Leben nehmen könnte, sondern dir nur sagen, dass ich meine Ehe leichtfertig beendet habe. Damals war ich fest davon überzeugt, ihm niemals vergeben zu können – und ihr auch nicht. Heute weiß ich, dass ich einen schrecklichen Fehler gemacht habe. Sei klüger, als ich es gewesen bin«, sagte Gwen mit Tränen in den Augen. Diana hatte aufmerksam zugehört, angerührt von dem, was Gwen ihr da erzählte. »Es ist verständlich, dass du verletzt und wütend bist, aber wirf deshalb nicht alles weg.« Diana nickte. Sie trocknete gerade Teller ab, und als Eric in diesem Moment die Küche betrat, schaute sie weg. Eine traurige Geschichte, die Gwen ihr da erzählt hatte, aber eine, aus der man lernen konnte. Es ging dabei um Liebe und Verzeihen, und darum, sich nicht vor Verblendung ins eigene Fleisch zu schneiden.

Am Abend erzählte Gwen Robert, was sie zu Diana gesagt hatte.

»Ich bin froh, dass du das getan hast. Ich versuche Eric dazu zu bewegen, nicht aufzugeben, obwohl er mittlerweile ziemlich entmutigt ist. Wenn die beiden das gemeinsam durchstehen ... wer weiß, vielleicht stärkt es ihre Beziehung am Ende dann sogar. Aber Eric ist sich nicht sicher, ob Diana bei ihm bleibt.« Das war Gwen auch nicht, nach allem, was Diana ihr gesagt hatte.

Am nächsten Morgen übernahm Gwen für Pascale die Zubereitung des Frühstücks. Pascale fühlte sich zu schwach, um aufzustehen, und als John hinunter in die Küche kam, wirkte er besorgt.

»Es gefällt mir nicht, wie sie aussieht«, sagte er während des Frühstücks zu Eric. »Sie will es nicht zugeben, aber sie fühlt sich sehr schlecht. Ich finde, sie sollte zu einem Arzt gehen und ihre Blutwerte checken lassen.«

»Ich werde sie mir gleich noch mal ansehen«, versprach Eric, und nachdem sie den von Gwen zubereiteten French Toast gegessen hatten, verschwand Eric nach oben. Er sprach lange mit Pascale, und als er wieder runterkam, beruhigte er John. »Sie fühlt sich einfach schlecht und muss sich erholen. Offenbar hatte sie sich gründlich den Magen verdorben.«

John war nicht überzeugt und setzte Pascale weiter zu, einen Arzt aufzusuchen. Aber sie entgegnete, dass sie die französischen Ärzte schrecklich fände.

»So wie du«, erinnerte sie ihn. Doch auch das beruhigte ihn nicht.

Beim Mittagessen, zu dem sich sogar Pascale eingefunden hatte, sprachen Gwen und Robert darüber, ihren Urlaub um eine Woche zu verlängern.

»Das wäre wunderbar!«, entfuhr es Diana. Dann schwieg sie verlegen, aber sie und Gwen lächelten sich kurz zu. Zwischen den beiden entwickelte sich jetzt eine richtige Freundschaft, und auch die anderen waren zunehmend angetan von Gwen und hörten endlich auf, sich um Robert zu sorgen. Anscheinend besaß Robert doch mehr Menschenkenntnis, als sie alle angenommen hatten. John freute sich jedenfalls für ihn, und das sagte er Pascale auch später an diesem Nachmittag.

»Überleg dir nur, was für ein aufregendes Leben er an ihrer Seite führen könnte! Sie ist Filmstar. In seinem Alter lässt ihn das noch einmal jung werden.«

»Das braucht er nicht«, erklärte Pascale vorsichtig. Obwohl sie Gwen mittlerweile mochte, war sie nicht sicher, ob sie die Richtige für Robert war. »Er braucht jemanden, der festen Boden unter den Füßen hat, der anpacken hat und ihm eine zuverlässige Freundin ist.«

»Aber das ist sie doch alles. Du siehst tagtäglich, wie sie sich verhält, überall mithilft und sich auch nicht von eurer Ablehnung vertreiben ließ. Am Wichtigsten aber ist, dass sie ihn liebt. Und er liebt sie auch.«

»Denkst du, dass er sie heiraten will?«, fragte Pascale immer noch besorgt.

»Warum sollte man das in unserem Alter noch tun? Robert wird keine Kinder mit ihr bekommen. Alles, was die beiden wollen, ist eine schöne Zeit miteinander zu verbringen.«

»Dann ist es ja gut.« Sie seufzte erleichtert.

»Und was ist mir dir? Wirst du jetzt endlich Vernunft annehmen und gehst zum Arzt? Womöglich hast du dir ein schlimmes Virus eingefangen und brauchst ein Antibiotikum.«

»Ich brauche nichts als Schlaf.« Tatsächlich fühlte sie sich so erschöpft, dass sie schon am Vormittag sehnsüchtig darauf gewartet hatte, sich nach dem Essen wieder hinlegen zu können. Als Eric, Robert und Gwen um fünf Uhr vom Segeln zurückkamen, schlief sie immer noch. Diana lag im Garten in einem Liegestuhl und las. John war zum nächstgelegenen Hotel gefahren, um ein Fax nach New York zu schicken.

»Wie war das Segeln?«, fragte Diana und lächelte Eric verhalten an. Sie hatte den ganzen Nachmittag lang über ihn nachgedacht – und auch über das, was Gwen gesagt hatte. Sie und Eric hatten in all den Jahren so viel gemeinsam erlebt, und es gab eine Menge, das sie an ihm liebte. Obwohl sie ihm immer noch nicht verziehen hatte, begann sie ihn zu verstehen. Vielleicht hatte ihn die Jugend gelockt. Und konnte sie ihm das wirklich übel nehmen? Als Eric jetzt ihren Blick sah, blieb er kurz stehen. Irgendetwas war anders als noch heute Morgen.

»Es hat Spaß gemacht«, sagte er und wollte weitergehen, aber dann setzte er sich in den Liegestuhl neben ihr. Sie legte die Beine hoch und schaute nach vorn. »Ich habe dich vermisst«, sagte er, sobald die anderen im Haus verschwunden waren. »Den ganzen Nachmittag über auf dem Boot habe ich an dich gedacht.«

»Und ich an dich«, sagte sie gleichmütig wie möglich, und doch konnte er heraushören, dass das Eis zu schmelzen begann.

»Ich möchte wirklich, dass wir unser Problem in den

Griff bekommen. Ich weiß, dass ich einen Fehler gemacht habe und nicht erwarten kann, dass du mir einfach wieder vertraust. Aber ich hoffe, dass es dir eines Tages vielleicht wieder möglich sein wird.«

»Ich hoffe das auch«, gestand sie.

Aber als sie später an diesem Nachmittag gemeinsam in ihr Zimmer gingen, wirkte Diana gelöster als sonst, und als Eric etwas Lustiges zu ihr sagte, lachte sie herzhaft.

»Möchtest du heute Abend essen gehen?«, fragte Eric. Diana überlegte kurz, dann nickte sie.

»Meinst du, die anderen haben auch Lust dazu?«, hakte sie nach.

»Lass uns zur Abwechslung mal allein gehen. Die anderen kommen schon zurecht.« Eric war so erleichtert, dass sie wieder miteinander redeten! Das Blatt hatte sich gewendet.

Pascale entschied, im Bett zu bleiben und sich weiter auszuruhen. John hatte Unterlagen aus dem Büro erhalten und wollte sie durchgehen. Und Robert und Gwen planten, einen Spaziergang am Hafen machen und dann dort etwas essen.

Am späten Abend saßen sie wieder in der Gorilla Bar, unterhielten sich und lachten. Plötzlich nahm Robert Gwens Hand und sagte: »Lass uns zur Villa fahren.«

»Bist du müde?«, fragte sie überrascht, denn er kam ihr gar nicht so vor. Sie bezahlten und fuhren zurück.

Im Haus war es ganz still. Eric und Diana waren noch unterwegs, und im Zimmer von Pascale und John brannte kein Licht mehr, anscheinend schliefen die beiden schon. Gwen und Robert flüsterten wie zwei Teenager, als sie ins obere Stockwerk kamen.

»Gute Nacht«, sagte sie, nachdem er sie geküsst hatte. Aber Robert zögerte. Er sah sie an und kam sich wirklich vor wie ein Teenager.

»Ich habe mich gefragt ob … ob du vielleicht … heute Nacht bei mir schlafen möchtest, Gwen«, sagte er leise und spürte, wie ihm in der Dunkelheit das Blut in die Wangen schoss.

»Ja, gern.« Sie hatten sich Zeit gelassen und nichts überstürzt. Aber jetzt spürten sie beide, dass sich etwas verändert hatte und sie bereit waren, den nächsten Schritt zu wagen. Während der letzten Tage hatte Robert zunehmend ein Gefühl von Ruhe und Frieden empfunden, wenn er an Anne dachte. Letzte Nacht hatte er wieder von ihr geträumt. Sie hatte gelacht, ihm zugewinkt und einen Abschiedskuss gegeben. Er wusste nicht, wohin sie dann gegangen war, und als er erwachte, war sein Gesicht abermals tränennass gewesen. Aber es waren Tränen der Erleichterung und nicht des Kummers. Irgendwie meinte er zu wissen, dass es ihr gut ging. Er hatte Gwen von dem Traum erzählt.

Er schaltete nur ein kleines Licht in seinem Zimmer ein, und Gwen folgte ihm langsam hinein.

Robert stand ganz ruhig da und schaute Gwen an. Dann streckte er die Hand aus, und sie ging auf ihn zu. Sie schlang ihm die Arme um den Hals und schmiegte sich an ihn.

»Ich liebe dich, Robert«, flüsterte sie. »Alles wird gut werden.«

Er nickte und küsste sie mit Tränen in den Augen – Tränen des Abschieds von Anne und der Liebe zu Gwen. Langsam wurden sie von der Leidenschaft davongetragen, und als sie nebeneinander auf das Bett sanken, wusste Robert, dass er nicht nur Gwens wunderschönen Körper begehrte, sondern vor allem ihr Herz.

Danach lagen sie eng umschlungen, erschöpft und glücklich beieinander.

Gwen sah Robert an und lächelte. »Du machst mich so froh«, hauchte sie.

Er zog sie noch fester an sich, wusste nicht, was er sagen sollte.

Gwen war für ihn eines der größten Geschenke in seinem Leben.

12

Als die beiden am nächsten Morgen aus Roberts Zimmer kamen und Frühstück hinuntergingen, stießen sie fast mit Diana zusammen, die sehr besorgt schien. Sie war gerade bei Pascale gewesen, die sich schon wieder heftig übergeben hatte. John hatte bereits einen Termin bei einem Arzt für sie vereinbart. Er war nicht länger bereit, sich von Pascale weismachen zu lassen, dass es ihr besser ging – denn das war eindeutig nicht der Fall.

»Was glaubst du denn, was sie hat?«, fragte Gwen beim Frühstück Eric. Diana hatte für alle Rührei zubereitet.

»Ich bin mir nicht sicher. Vielleicht hat sie einen aggressiven und äußerst hartnäckigen Virus erwischt. Wahrscheinlich braucht sie ein Antibiotikum, sonst landet sie am Ende im Krankenhaus. Könnte sein, dass sie ohnehin für ein paar Tage eingeliefert wird. Durch dieses ständige Übergeben besteht die Gefahr, dass sie dehydriert.« Dennoch sah Eric längst nicht so besorgt aus wie John.

Nach dem Frühstück, als Robert und Gwen in den Ort gefahren waren, um Briefe zu verschicken, sah Diana ihren Mann mit einem wissenden Lächeln an. »Was glaubst du wohl, wen ich heute Morgen selig grinsend aus Roberts Zimmer kommen sah?«

Die Frage amüsierte ihn, und er tat so, als müsse er ernsthaft nachdenken. »Hm … Agathe?«

»Klar doch.« Sie beide waren am Vorabend selbst erst sehr spät nach Hause gekommen. Es war ein schöner Abend gewesen. Sie hatten im Restaurant ausgezeichnet gegessen und waren danach sogar noch tanzen gegangen. Zum ersten Mal, seit vor zwei Monaten der Albtraum begann, hatten sie sich einander wieder angenähert. Noch lag ein weiter Weg vor ihnen, aber sie hatten zumindest den ersten Schritt getan.

»Nein, es war Gwen«, verkündete Diana triumphierend, als hätte sie die Beziehung der beiden schon immer befürwortet.

»Schade aber auch. Ich hatte wirklich gehofft, es sei Agathe gewesen, und war schon ganz gespannt, welche Outfits sie nach New York mitnimmt.« Dann wurde er wieder ernster. »Ich freue mich für die beiden. Sie haben es verdient.« Wie alle anderen in der Gruppe mochte er Gwen mittlerweile sehr, und Robert hatte noch nie so gut ausgesehen. Anne war zwar erst sieben Monate tot, aber Eric wusste, dass man Trauer nicht zeitlich messen konnte. Wenn Robert das neue Leben guttat, dann war es für Eric in Ordnung. »Sie ist eine nette Frau, und Robert ist ein prima Kerl.«

»Ich frage mich nur, was seine Kinder dazu sagen werden«, gab Diana zu bedenken, aber Eric zuckte mit den Schultern.

»Er ist ein erwachsener Mann und kann tun und lassen, was er will.«

»Sie werden vielleicht nicht einverstanden sein.«

»Dann sollten sie sich lieber schnell dran gewöhnen. Er hat das Recht auf ein eigenes Leben. Anne hätte das so gewollt.« Diana nickte. »Nur weil er mit Gwen zusammen ist, heißt das ja nicht, dass er Anne vergessen hat. Die Kinder sollten das begreifen lernen.« Diana nickte abermals. In diesem Moment betrat John den Raum. Er würde mit Pascale jetzt zum Arzt fahren und hoffte, dass sie zum Mittagessen zurück wären, sagte er. Eric hatte den beiden geraten, einen Internisten aufzusuchen, um einige Bluttests vornehmen zu lassen.

»Soll ich euch begleiten?«, bot Diana an, aber John lehnte dankend ab und behaupete, sie kämen schon zurecht. Er hoffte, dass es Pascale besser ging, sobald sie die entsprechende Medizin bekam. Eric und Diana waren jedoch erleichtert, dass Pascale längst nicht so schlecht aussah, wie sie sich offenbar fühlte. Dennoch war John in höchster Sorge. Sie würden noch eine Woche in Frankreich bleiben, die musste überstanden werden – und zu den französischen Ärzten hatte er nicht das geringste Vertrauen. Sobald sie wieder in New York waren, musste sich Pascale von Kopf bis Fuß durchchecken lassen, darauf bestand er.

Während der Fahrt ließ er sich gehörig darüber aus. Als sie ankamen, war Pascale kurz davor, ihn zu erwürgen. In der Praxis musste sie sich schon wieder übergeben und begann zu weinen. John lagen die Nerven blank.

»Mir ist so schlecht«, jammerte sie. »Das geht jetzt schon eine Woche so.«

»Ich weiß, Liebes. Wir werden Medikamente für dich bekommen und dann geht es dir schnell besser.« Während sie darauf warteten, dass sie drankamen, überlegte er sogar, auf der Stelle mit ihr nach New York zurückzufliegen.

Endlich wurde Pascale in einen Behandlungsraum geführt und von einer Arzthelferin in einem knitterigen weißen Kittel und Sandalen gewogen. Ihr Puls und Blutdruck wurden gemessen, und die Helferin schaute ihr in Mund und Augen. Dann schrieb sie alle Daten auf. Die Praxis war längst nicht so modern und gepflegt, wie sie es aus New York kannten.

Als der Arzt schließlich auftauchte, stellte er Pascale jede Menge Fragen, nickte, machte sich Notizen, nahm Pascale Blut ab und sagte, er würde sie anrufen, sobald die Ergebnisse da waren. Als Pascale den Behandlungsraum verließ, war sie genauso schlau wie zuvor.

»Was hat er gesagt?«, wollte John sofort wissen. Sie war fast eine Stunde in dem Behandlungszimmer gewesen.

»Nicht viel. Er ruft an, wenn er die Ergebnisse hat.«

»Welche Ergebnisse?«

»Er hat mir Blut abgenommen.«

»Das war alles? Was für ein Schwachkopf ist das eigentlich? Eric hat doch gesagt, du brauchst ein Antibiotikum! Lass mich mal mit ihm reden.« Er wollte schon zu der Helferin hinter der Anmeldung marschieren, aber Pascale bestand darauf, erst einmal zurückzufahren.

»Er wird mir nichts verschreiben, so lange er nicht weiß, was los ist. Das ist doch vernünftig. Er meinte, es könnten Salmonellen sein. Vielleicht muss ich noch mal her und Proben abgeben, je nachdem, was sie im Blut finden.«

»Um Himmels willen, Pascale. Das sind Zustände wie in einem Entwicklungsland!«

»Blödsinn«, sagte sie gekränkt. »Es ist meine Heimat. »Von mir aus beleidige meine Mutter, aber nicht Frankreich. *Ça, c'est trop!«* Das reicht jetzt! Dennoch maulte John während der gesamten Heimfahrt weiter. Und sie waren kaum in der Villa angekommen, da erzählte er als Erstes Eric, was für ein Trottel von Arzt das gewesen sei.

»Warum verschreibst du ihr nicht etwas?« John sah Eric fast bittend an, aber der schüttelte den Kopf.

»Ich glaube nicht, dass ein Rezept von mir hier Gültigkeit hätte, und um ehrlich zu sein, John, dieser Arzt hat recht. Bevor er nicht weiß, was los ist, sollte er nichts verordnen. Es wird ja nicht lange dauern.«

»Hast du eine Ahnung! Wir sind in Frankreich.«

Aber tatsächlich rief die Helferin Pascale bereits am nächsten Tag an. Der Arzt wollte sie noch einmal sehen und bot für den Nachmittag einen Termin an. John wollte wieder mitkommen, aber Pascale sagte, es ginge ihr so viel besser, dass das nicht nötig sei. Letztlich fuhr Gwen dann mit, die sowieso Besorgungen im Ort erledigen wollte. Die beiden machten sich mit dem Twingo auf den Weg und kamen erst am frühen Abend wieder zurück. John war mittlerweile krank vor Sorge, aber Pascale und Gwen schienen beste Laune zu haben und erzählten, sie seien nach dem Arztbesuch noch bummeln gewesen.

»Du hättest wenigstens anrufen können!«, schimpfte John und wollte wissen, was der Arzt denn nun gesagt habe. »Hat er dir jetzt endlich ein Antibiotikum verschrieben?« Er wirkte außer sich, und Pascale wurde klar, dass sie ihn tatsächlich besser angerufen hätte. Aber sie hatte mit Gwen so viel Spaß gehabt und gedacht, John wäre mit den anderen unterwegs. Tatsächlich hatte er wartend im Wohnzimmer gesessen.

»Er sagt, das brauche ich nicht. Es würde von allein besser werden.«

»Dieser Arzt ist ein Vollidiot!«, fluchte John und marschierte die Treppe hoch. Pascale folgte ihm.

Die beiden blieben lange in ihrem Zimmer und kamen erst kurz vor dem Essen wieder herunter. Gwen hatte sich bereit erklärt, zu kochen, und überredete Agathe, ihr zur Hand zu gehen. Es gab Käsesoufflé und Lammkeule auf französische Art. Die ganze Zeit sprangen ihnen Agathes Hunde um die Füße. Als John und Pascale zum Essen kamen, wirkte er entspannter als seit Tagen. Er kümmerte sich rührend um Pascale und gestand ihr nach dem vierten Glas Wein sogar, dass er Frankreich liebe.

»Gibst du uns das schriftlich?«, zog Robert ihn auf. »Und was ist mit Pascales Mutter? Liebst du die auch?«

»Natürlich nicht. Ich bin betrunken, aber nicht verrückt.« Alle mussten lachen. John lehnte sich grinsend zurück und hielt die ganze Zeit Pascales Hand. Es schien ihr besser zu gehen, und sie hatten alle einen schönen Abend. Eric und Diana gingen endlich wieder freundlich miteinander um, und Robert und Gwen war anzusehen, wie verliebt sie waren. Später am Abend überlegten sogar alle, die Villa im nächsten Jahr erneut zu mieten.

»Ich könnte Werkzeug und Toilettengriffe aus New York mitbringen«, schlug John allen Ernstes vor. Er kämpfte nach wie vor mit den maroden Armaturen im Bad. Pascale bemerkte, er müsse doch immer etwas zum Meckern haben.

»Es waren drei tolle Wochen!« Da waren sich alle einig.

Die letzte Woche verging wie im Flug und für alle viel zu schnell. Pascale kämpfte weiterhin mit ihrem Magenproblem, aber es war nicht mehr ganz so schlimm. Sie alle mochten gar nicht daran denken, dass sie in wenigen Tagen zurückfliegen mussten.

Am letzten Abend bereiteten sie Hummer zu. Zwei der Tiere entwischten und legten sich mit Agathes Hunden an. Ihre Lieblinge unter die Arme geklemmt rannte Agathe schreiend aus der Küche. Damit blieb die ganze Arbeit allein an Gwen hängen, die sich abermals bereit erklärt hatte, zu kochen. Sie aßen draußen. Diana hatte eine hübsche Tischdecke gekauft, die sie an diesem frühen Abend einweihen und dann mit nach Hause nehmen wollte. Pascale hatte Blumen als Tischschmuck besorgt, und als sie sich gesetzt hatten, reichte Eric Champagner als Aperitif. Das Essen war köstlich. Sie blieben noch lange sitzen und plauderten. Robert schenkte Château d'Yquem ein, und John wurde fast ohnmächtig, da er wusste, was eine Flasche davon kostete.

»Es ist eine Sünde, etwas so Teures zu trinken«, beschwerte er sich – und genoss jeden Tropfen.

»Ich dachte, wir teilen die Kosten durch drei«, zog Robert ihn auf. Er hatte diesen Wein gekauft, weil Gwen ihn gern trank und er sie verwöhnen wollte. Außerdem sollte es ein kleines Dankeschön sein, weil sie fast die ganze Kocherei übernommen hatte, seit es Pascale nicht gut ging.

»Ich habe überhaupt keine Lust, nach Hause zu fliegen«, gestand Diana. Gwen erzählte, dass sie die nächsten vier Monate in L.A drehen würde. Aber Robert hatte schon versprochen, an den Wochenenden rüberzufliegen, und Gwen würde versuchen, so oft wie möglich nach New York zu kommen.

»Es wird schön sein, die Kinder zu sehen«, sagte Diana, obwohl sie zugeben musste, sie nicht allzu sehr vermisst zu haben.

»Das kann ich auch kaum erwarten«, sagte Pascale scheinbar beiläufig, und alle fragten sich, ob sie betrunken war.

»Du kannst dir unsere jederzeit ausleihen«, bot Eric grinsend an.

»Danke, nicht nötig.« Pascale schaute lächelnd in die Runde.

»Wir bekommen ein Baby«, sagte sie leise und sah John glücklich an. »Das war der Grund meiner ›Magenverstimmung‹. Der Arzt hat es mir an dem Tag gesagt, als ich mit Gwen noch einmal hingefahren bin. Aber John und ich wollten euch erst am letzten Abend mit der Nachricht überraschen.«

Die anderen starrten sprachlos die strahlende Pascale an. »Wenn das Kind zur Welt kommt, werde ich achtundvierzig sein, aber es ist mir egal, wenn ich vielleicht wie seine Großmutter aussehe. Das ist unser kleines Wunder. Am Ende ist es doch noch passiert. Ich war noch nie im Leben so glücklich.«

Die anderen wussten, was das für Pascale bedeutete, und Diana traten vor Freude Tränen in die Augen.

»Oh, Pascale …« Sie lief um den Tisch herum zu ihrer Freundin und drückte sie ganz fest. Auch die anderen beglückwünschten sie auf diese Art. Gwen sagte, sie hätte tatsächlich kurz den Verdacht gehegt, habe aber nicht fragen wollen. Sie stießen miteinander an, und John saß stolz neben seiner Frau.

»Das ist jetzt der richtige Moment, um euch etwas mitzuteilen«, sagte Diana und lächelte Eric an.

»Bist du etwa auch schwanger?«, rief John, und alle lachten.

»Nein, aber wir bleiben zusammen. *Coup de Foudre* hat uns Glück gebracht.«

Eric drückte zärtlich ihre Hand.

»Das sind wirklich gute Nachrichten«, freute sich Robert.

Gwen wirkte zufrieden. Diana hatte ihr bereits erzählt, dass sie das zum Teil auch ihr verdankten.

»Und wenn wir schon mal dabei sind ... Wir haben auch Neuigkeiten«, sagte Robert strahlend. »Gwen und ich werden im nächsten Frühling heiraten – wenn sie mich bis dahin nicht schon leid ist oder euch nicht länger ertragen kann. Es war schließlich harte Arbeit für sie: Eric und Diana wieder zusammenzubringen, Johns Leben zu retten ... und meines auch. Ich finde, für all das hat sie einen Oscar verdient!«, scherzte er, hatte aber nicht ganz unrecht. »Fehlt nur noch, dass sie Pascales Baby auf die Welt bringt. Wann ist es eigentlich so weit?«

»Wahrscheinlich im März, das wird sich noch genauer herausstellen.«

»Wir wollen im Mai oder Juni heiraten. Dann hat Gwen gerade einen Film mit Tom Cruise und Brad Pitt abgedreht, und wenn sie nicht mit einem von beiden durchbrennt, wird sie meine Frau.«

»Da besteht wohl keine Gefahr«, lächelte Gwen beinahe

schüchtern. »Es war wundervoll, hier mit euch zusammen … und ich liebe Robert so sehr …«

Sie brach ab.

Tränen der Rührung stiegen ihr in den Augen, und die anderen konnten es ihr nachfühlen.

Sie alle hatten bedeutsame Wochen hinter sich, und jedes Paar stand auf seine Weise vor einem Neuanfang.

Gwen fühlte sich jetzt als eine von ihnen, und als Robert sie an sich zog und küsste, da lächelten die anderen, während die Sonne glutrot hinter St. Tropez unterging.